n. et fecit.

LA. MORT. DE. POMPÉE.

A. PARIS,

Chez. A. De Sommauille. & . A. Courbé.

Au palles. 1644

LA MORT
DE
POMPEE
TRAGEDIE.

A PARIS,

ANTOINE DE SOMMAVILLE, en la Gallerie
des Merciers, à l'Escu de France.

Chez

&

AuPa-
lais.

AVGVSTIN COVRBE', en la mesme Gallerie,
à la Palme.

M. DC. XLIV.

AVEC PRIVILEGE DV ROY.

A

MONSEIGNEVR

MONSEIGNEVR

L'EMINENTISSIME CARDINAL

MAZARIN.

 ONSEIGNEVR,

Ie preſente le grand Pompée à voſtre Eminence, c'eſt à dire, le plus
grand perſonnage de l'ancienne Rome,
au plus illuſtre de la nouuelle. Ie mets
ſous la protection du premier Miniſtre
de noſtre ieune Roy, vn Heros qui

ã iij

dans fa bonne fortune fut le protecteur de beaucoup de Rois, & qui dãs fa mauuaife eut encore des Rois pour fes Miniftres. Il efpere de la generofité de voftre Eminence qu'elle ne dédaignera pas de luy conferuer cette feconde vie que i'ay tafché de luy redonner, & que luy rendant cette Iuftice qu'elle fait rendre par tout le Royaume, elle le vangera pleinement de la mauuaife Politique de la Cour d'Egypte. Il l'efpere, & auec raifon, puifque dans le peu de fejour qu'il a fait en France, il a defia fceu de la voix publique, que les Maximes dont vous vous feruez pour la conduite de cet Eftat ne font point fondées fur d'autres principes que fur ceux de la vertu. Il a fceu d'elle les obligations que vous a la France de l'auoir choifie pour voftre feconde mere, qui vous eſt d'autant plus redeuable, que les grands ſeruices que vous luy rendez ſont de purs effets de voſtre inclination & de voſtre zele, & non pas des deuoirs de voſtre naiſſance: Il a ſceu d'elle que Rome s'eſt aquitée enuers noſtre ieune Monarque de ce qu'elle deuoit à ſes predeceſſeurs par le preſent qu'elle luy a fait de voſtre perſonne. Il a ſceu d'elle enfin que la ſolidité de voſtre prudence, & la netteté de vos lumieres enfantent des conſeils ſi auantageux pour le Gouuernemét, qu'il ſemble que ce ſoit vous à qui par vn eſprit de Prophetie noſtre Virgile ait adreſſé ce vers il y a plus de ſeize ſiecles,

Tu regere imperio populos Romane, memento.

Voila, MONSEIGNEVR, ce que ce grand homme a appris en apprenant à parler François,

Pauca, ſed à pleno venientia pectore veri.

Et comme la gloire de V. E. eſt aſſez aſſeurée ſur la fidelité de cette voix publique , ie n'y meſleray point la foibleſſe de mes penſées, ny la rudeſſe de mes expreſsions, qui pourroient diminuer quelque choſe de ſon eſclat , & ie n'ajouſteray rien aux celebres témoignages qu'elle vous rend , qu'vne profonde veneration pour les hautes qualitez qui vous les ont acquis, auec vne proteſtation tres ſincere & tres inuiolable d'eſtre toute ma vie,

MONSEIGNEVR,

De V. E.

Le tres-humble, tres-obeïſſant, & tres-fidelle ſeruiteur, CORNEILLE.

GRATIARVM ACTIO

EMINENTISSIMO CARDINALI

IVLIO MAZARINO,

EX GALLICO CORNELII.

*OMA caput mundi, quæ quondam vin-*
dice ferro,
Quâ Terra, pelagúsque patent; fatalia
victis
Iura dabas populis; & nunc, sed sanctior, Orbem
Religione Deûm, & verâ pietate gubernas.
Non Te ingrata mea capere obliuia Musæ,
Nec labor irritus est, nam si mea carmina crescunt
In laudes fœcunda tuas, Gentísque Latina
Heroas, veterúmque Ducum celebramus honorem,
Par virtute suis Patribus nouus emicat Heros,
Maxima qui tenui pro munere dona refundit.

Te Duce, magne Heros, quo nil sublimius æther
Francigenis, & nil melius dedit Itala tellus,
(IVLI purpureâ Flamen dignißime pallâ)
Te Duce Roma suas, largo in me prodiga fœtu,
Fudit opes, nec in ancipiti fortuna pependit,
Spem merces oblata præit, Charitesque profusâ
Occurrêre manu, quódque est mirabile, munus
Non optare licet, Tu me auri pondere sponte
Obruis, & votis potior non ante cupitis.
Gratia quæ petitur subitò euolat, & prece emaci
Qui prior ambit opes, tacitum sub pectore vulnus
Sentit, & inuitus concesso munere gaudet,
Nam pudor est verba & vultum præferre precantis.
At Tu dum pleno spargis tua præmia cornu
Magnificus, parcis precibus, votúmque remittis.
Sic donis accedit honos, & munere in vno
Munera bina latent, cùm se vltro gratia profert.
Hinc amor arctior est, nam blanda sine arte voluntas
Dat pretium donis, & munera munere crescunt.
Sic quondam Augustus, vestra alter Romulus Vrbis,
Mittere gaudebat dona insperata Maroni,
Et quem nostra in Te rediuiuum carmina fingunt,
Virgilium excepit, quo me dignaris honore.
Et certè ille Augur qui nos inspirat Apollo
Obscuris vera inuoluens, plus carmine promit
Interdum, quàm verba sonant, motúique latenti

Sæpe aliò vatem, quàm quò velit, abripit ardor.
Cùm cecini laudes Pompeÿ, aut robur Horaci,
Augustique pios mores, domitumque furorem;
Musa quidem errauit, nam dum putat, inscia fati,
Romanos prinxisse Duces, tua facta, tuamque
Exprimit effigiem; veterum decora alta Quiritum
Per tot sparsa viros, tot nobilitata trophæis
Ad Te vnum redeunt, Tua in illis viuit imago:
Nec tamen hîc finis, nam cùm celebrabo Catonum
Funera, Scipiadúmque decus, Paulosque sagaces,
Et cunctatores Fabios, Tua gloria surget
Conflata ex illis, sed erit magis inclyta virtus.
Sit mihi fas igitur, sub Te, renouare laborem,
Adque Tui exemplar Proceres formare Latinos.
Da diuina Tua secreta recludere mentis,
Versúque arcanos generoso expromere sensus,
Quos tibi nascenti Charites, Vrbisque Quirini
Fata, & sanguis Auûm stellis transfudit amicis.
Tunc splendòre nouo afflatus, longo ordine pingam
Romulidas, operique tuos adhibebo colores,
Materiam superabit opus, talique cothurno
Assurgam, vt nostros Roma admirata labores
Eloquÿ stupeat vires, neque prisca suorum
Ora recognoscat, quin & fortasse queretur
Me Ducibus Latÿs illas adscribere laudes,
Quas solus verâ ingenÿ virtute mereris.

Intereà proprio latè splendore refulgens,
Sæpe tuas alio cernes sub nomine dotes.
Ne tamen, ô Diuine Heros, ne subtrahe lumen,
Viue diu, præsensque meis illabere cœptis,
Subduc Te Regni excubijs, quas nocte dieque
Irrequietus agis, paulùmque abrumpe labores
Assiduos, nostroque in carmine dilue curas.
Dumque tuas veneror Charites, & Musa requiris
Quæ placeant, magnaque parent solatia menti.
Accipe præcipiti mea carmina condita venâ,
Carmina perpetui testes, & pignora cultûs:
Imperfecta quidem, nec enim tua dona sinebant
Esse diu immemores, ars nostro cessit amori,
Et si lingua rudis, latet imis sensibus ardor,
Nostraque plus fidei, quàm fastûs verba recondunt.
Nam quo Musa magis caret arte, minùsque leporis
Inuenies, magis est pura & syncera voluntas.

A. R.

A
SON
EMINENCE·
REMERCIMENT·

On, tu n'es point ingrate, ô Maiſtreſſe du
    monde,
Qui de ce grand pouuoir ſur la terre, &
    ſur l'onde,
Malgré l'effort des temps retiens ſur nos
    Autels
Le ſouuerain Empire, & des droits immortels.
Si de tes vieux Heros i'anime la memoire,
Tu releues mon nom ſur l'aiſle de leur gloire,
Et ton noble Genie en mes vers mal tracé
Par ton nouueau Heros m'en a recompensé.

C'eſt toy, grand Cardinal, ame au deſſus de l'hõme,
Rare don qu'à la France ont fait le Ciel & Rome,
C'eſt toy, diſie, ô Heros, ô cœur vrayement Romain,
Dont Rome en ma faueur vient d'emprunter la main.
Mon bon-heur n'a point eu de douteuſe apparence,
Tes dons ont deuancé meſme mon eſperance,
Et ton cœur genereux m'a ſurpris d'vn bienfait
Qui ne m'a pas couſté ſeulement vn ſouhait.
La grace en affoiblit quand il faut qu'on l'attende,
Tel penſe l'achepter alors qu'il la demande,
Et c'eſt ie ne ſçay quoy d'abaiſſement ſecret,
Où quiconque a du cœur ne conſent qu'à regret,
C'eſt vn terme honteux que celuy de priere,
Tu me l'as eſpargné, tu m'as fait grace entiere;
Ainſi l'honneur ſe meſle au bien que ie reçois,
Qui donne comme toy donne plus d'vne fois,
Son don marque vne eſtime, et plus pure, et plus pleine,
Il attache les cœurs d'vne plus forte chaiſne,
Et prenant nouueau prix de la main qui le fait
Sa façon de bien faire eſt vn ſecond bien-fait.
    Ainſi le grand Auguſte autrefois dans ta ville
Aymoit à preuenir l'attente de Virgile,
Luy que i'ay fait reuiure & qui reuit en toy
En vſoit enuers luy comme tu fais vers moy.
    Certes dans la chaleur que le Ciel nous inſpire,
Nos vers diſent ſouuent plus qu'ils ne penſent dire,
Et ce feu qui ſans nous pouſſe les plus heureux
Ne nous explique pas tout ce qu'il fait par eux.

Quand i'ay peint vn Horace, vn Auguste, vn Pompée,
Assez heureusement ma Muse s'est trompée,
Puisque sans le sçauoir, auecque leur portrait
Elle tiroit du tien vn admirable trait.
Leurs plus hautes vertus qu'estale mon ouurage
N'y font que prendre vn rang pour former ton image,
Quand i'auray peint encor tous ces vieux conquerans,
Les Scipions vainqueurs, et les Catons mourans,
Les Pauls, les Fabiens, alors de tous ensemble
On en verra sortir vn tout qui te ressemble,
Et l'on rassemblera de leur pompeux debris
Ton ame & ton courage espars dans mes escrits.

    Souffre donc que pour guide au trauail qui me reste
I'adjouste ton exemple à cette ardeur Celeste,
Et que de tes vertus le portraict sans égal
S'acheue de ma main sur son original;
Que i'estudie en toy ces sentimens illustres
Qu'à conserué ton sang à trauers tant de lustres,
Et que le Ciel propice & les destins amis
De tes fameux Romains en ton ame ont transmis.
Alors de tes couleurs peignant leurs auantures,
I'en porteray si haut les brillantes peintures,
Que ta Rome elle-mesme admirant mes trauaux
N'en reconnoistra plus les vieux originaux,
Et se plaindra de moy de voir sur eux grauées
Les vertus qu'à toy seul elle auoit reseruées,
Cependant qu'à l'esclat de tes propres clartez
Tu te reconnoistras sous des noms empruntez.

Mais ne te laſſe point d'illuminer mon ame,
Ny de preſter ta vie à conduire ma flame,
Et de ces grands ſoucis que tu prens pour mon Roy
Daigne encor quelquefois deſcendre iuſqu'à moy,
Delaſſe en mes écrits ta noble inquietude,
Et tandis que ſur elle appliquant mon eſtude
I'employeray pour te peindre & pour te diuertir
Les talens que le Ciel m'a voulu departir,
Reçois auec les vœux de mon obeiſſance
Ces vers precipitez par ma reconnoiſſance.
L'impatient tranſport de mon reſſentiment
N'a peu pour les polir m'accorder vn moment,
S'ils ont moins de douceur, ils en ont plus de zele,
Leur rudeſſe eſt le ſceau d'vne ardeur plus fidelle,
Et ta bonté verra dans leur temerité
Auec moins d'ornement plus de ſincerité.

AV LECTEVR.

S I ie voulois faire icy ce que i'ay fait en mes deux derniers ouurages, & te donner le texte ou l'abregé des Autheurs dont cette Histoire est tirée, afin que tu peusses remarquer en quoy ie m'en serois écarté pour l'accommoder au Theatre, ie ferois vn Auant-propos dix fois plus long que mon Poëme, & i'aurois à rapporter des Liures entiers de presque tous ceux qui ont escrit l'Histoire Romaine. Ie me contenteray de t'auertir que celuy dont ie me suis le plus seruy a esté le Poëte Lucain, dont la lecture m'a rendu si amoureux de la force de ses pensées & de la majesté de son raisonnement, qu'àfin d'en enrichir nostre langue, i'ay fait cet effort pour reduire en Poëme Dramatique, ce qu'il a traité en Epique. Tu trouueras icy cent ou deux cens vers traduits ou imitez de luy, i'ay tasché de le suiure dans le reste, & de prendre son caractere quand son exemple m'a manqué. Si ie suis demeuré bien loin derriere, tu en iugeras. Cependant i'ay creu ne te déplaire pas de te donner icy trois passages qui ne viennent pas mal à mon sujet. Le premier est vn Epitaphe de Pompée, prononcé par Caton dans Lucain. Les deux autres sont deux peintures de Pompée & de Cesar, tirées de Velleius Paterculus. Ie les laisse en Latin, de peur que ma traduction n'oste trop de leur grace & de leur force, les Dames se les feront expliquer.

ẽ iij

EPITAPHIVM
POMPEII MAGNI.

Cato apud Lucanum libro 9.

Iuis obit (*inquit*) *multo maioribus impar*
Noſſe modum iuris, ſed in hoc tamen vtilis æuo:
Cui non vlla fuit iuſti reuerentia, ſalua
Libertate potens, & ſolus plebe parata
Priuatus ſeruire ſibi; rectorque Senatus,
Sed regnantis erat: nil belli iure popoſcit,
Quæque dari voluit, voluit ſibi poſſe negari.
Immodicas poſſedit opes, ſed plura retentis
Intulit: inuaſit ferrum, ſed ponere norat:
Prætulit arma togæ, ſed pacem armatus amauit,
Iuuit ſumpta ducem, iuuit dimiſſa poteſtas.
Caſta domus, luxuque carens, corruptaque nunquam
Fortuna Domini, clarum & venerabile nomen
Gentibus, & multum noſtræ quod proderat vrbi.
Olim vera fides Sylla Marioque receptis
Libertatis obit, Pompeio rebus adempto
Nunc & ficta perit: non iam regnare pudebit,
Nec color imperij, nec frons erit vlla Senatus.
O felix, cui ſumma dies fuit obuia victo,
Et cui quærendos Pharium ſcelus obtulit enſes!
Forſitan in ſoceri potuiſſet viuere regno.
Scire mori ſors prima viris, ſed proxima cogi.
Et mihi, ſi fatis aliena in iura venimus,
Da talem, Fortuna, Iubam: non deprecor hoſti
Seruari, dum me ſeruet ceruice reciſa.

ICON POMPEII MAGNI.

Velleius Paterculus lib. 2.

FVit hic genitus matre Lucilia, ftirpis Senatoriæ, forma excellens, non ea qua flos commendatur ætatis, fed quæ ex dignitate conftantiaque in illam conueniens amplitudinem, fortunam quoque eius ad vltimum vitæ comitata eft diem : innocentia eximius, fanctitate præcipuus, eloquentia medius; potentiæ quæ honoris caufa ad eum deferretur, non vt ab eo occuparetur, cupidiffimus: dux bello peritiffimus: ciuis in toga (nifi vbi vereretur ne quem haberet parem) modeftiffimus : amicitiarum tenax, in offenfis exorabilis, in reconcilianda gratia fideliffimus, in accipienda fatisfactione facillimus ; potentia fua nunquam aut rarò ad impotentiam vfus, pæne omnium votorum expers, nifi numeraretur inter maxima, in ciuitate libera dominaque gentiú, indignari, cum omnes ciues iure haberet pares, quemquam æqualem dignitate confpicere.

ICON C. CÆSARIS.

Idem,   Ibidem.

HIc nobiliffima Iuliorum genitus familia, & quod inter omnes antiquiffimos conftabat, ab Anchife ac Venere ducens genus, forma omnium ciuium excellentiffimus, vigore animi acerrimus, munificentia effufiffimus, animo fuper humanam & naturam & fidem euectus, magnitudine cogitationum, celeritate bellandi, patientia periculorum, Magno illi Alexandro, fed fobrio, neque iracundo, fimillimus: qui denique femper & fomno & cibo in vitam, non in voluptatem vteretur.

ACTEVRS.

IVLES CESAR.

MARC ANTOINE.

CORNELIE, vefue de Pompée.

LEPIDE.

PTOLOMEE, Roy d'Egypte.

CLEOPATRE, Reyne d'Egypte.

PHOTIN, Gouuerneur du Roy d'Egypte.

ACHILLAS, Lieutenant general des armées du Roy
    d'Egypte.

SEPTIME, Tribun Romain à la folde du Roy d'Egypte.

CHARMION, Dame d'honneur de la Reyne.

ACHOREE, Efcuyer de la Reyne.

TROVPE DE ROMAINS.

TROVPE D'EGYPTIENS.

La Scene eft en Alexandrie, dans le Palais Royal
de Ptoloméе.

Faute efchapée à l'Impreffion.

Page 13. vers 9. au lieu de monument, lifez, mouuement.

LA MORT
DE POMPEE,
TRAGEDIE.
ACTE I.

SCENE PREMIERE.

PTOLOMEE, PHOTIN, ACHILLAS, SEPTIME.

PTOLOMEE.

E deſtin ſe declare, & nous venons d'entendre
Ce qu'il a reſolu du beau-pere & du gendre :
Quand les Dieux eſtōnés ſ'ēbloient ſe partager,
Pharſale a decidé ce qu'ils n'oſoient iuger.

A

Ses fleuues teints de sang, & rendus plus rapides
Par le débordement de tant de parricides,
Cet horrible debris d'Aigles, d'armes, de chars,
Sur ses champs empestés confusément espars,
Ces montagnes de morts priués d'honneurs supresmes
Que la Nature force à se vanger eux-mesmes,
Et de leurs troncs pourris exhale dans les vents
Dequoy faire la guerre au reste des viuans,
Sont les tiltres afreux dont le droit de l'espée
Iustifie César & condamne Pompée.
Ce deplorable Chef du party le meilleur,
Que sa fortune lasse abandonne au malheur,
Deuient vn grand exemple, & laisse à la memoire
Des changements du sort vne effroyable histoire:
Il fuit, luy qui tousiours triomphant & vainqueur
Vit ses prosperités esgaler son grand cœur,
Il fuit, & dans nos ports, dans nos murs, dans nos villes,
Et contre son beau-pere ayant besoin d'aziles
Sa defroute orgueilleuse en cherche aux mesmes lieux
Où contre les Titans en trouuerent les Dieux.
Il croit que ce climat en despit de la guerre
Ayant sauué le Ciel, sauuera bien la Terre,
Et dans son desespoir à la fin se meslant
Pourra prester espaule au monde chancelant.
Ouy, Pompée auec luy porte le sort du monde,
Et veut que nostre Egypte en miracles feconde

Serue à sa liberté de sepulcre, ou d'appuy,
Et releue sa cheute, ou trébusche soubs luy.
C'est dequoy, mes amis, nous auons à resoudre,
Il apporte en ces lieux les palmes, ou la fousdre,
S'il couronna le pere, il hazarde le fils,
Et nous l'ayant donnée il expose Memphis.
Il faut, ou receuoir, où haster son supplice,
Le suiure, ou le pousser dedans le précipice,
L'vn me semble peu seur, l'autre peu genereux,
Et ie crains d'estre iniuste, & d'estre malheureux.
Quoy que ie face enfin, la fortune ennemie
M'offre bien des perils, ou beaucoup d'infamie;
C'est à moy de choisir, c'est à vous d'aduiser
A quel choix vos conseils me doiuent disposer,
Il s'agit de Pompée & nous aurons la gloire
D'acheuer de Cesar, où troubler la victoire,
Et iamais Potentat n'a veu soubs le Soleil
Matiere plus illustre agiter son conseil.

PHOTIN.

Sire, quand par le fer les choses sont vuidées
La Iustice & le droit sont de vaines idées,
Et qui veut estre iuste en de telles saisons
Balance le pouuoir, & non pas les raisons.
Voyez donc vostre force, & regardez Pompée,
Sa fortune abbatuë, & sa valeur trompée,

A ij

Cesar n'est pas le seul qu'il fuye en cet estat,
Il fuit & le reproche & les yeux du Senat
Dont plus de la moitié piteusement estale
Vne indigne curée aux vautours de Pharsale,
Il fuit Rome perduë, il fuit tous les Romains
A qui par sa defaite il met les fers aux mains,
Il fuit le desespoir des peuples & des Princes
Qui veut vanger sur luy le sang de leurs Prouinces,
Leurs Estats & d'argent & d'hommes espuisez,
Leurs throsnes mis en cendre, & leurs sceptres brisez,
Autheur des maux de tous, il est à tous en butte,
Et fuit le monde entier escrasé soubs sa cheute;
Le defendrez vous seul contre tant d'ennemis?
L'espoir de son salut en luy seul estoit mis,
Luy seul pouuoit pour soy, cedez alors qu'il tombe,
Soustiendrez vous vn faix soubs qui Rome succombe,
Soubs qui tout l'Vniuers se trouue foudroyé,
Soubs qui le grand Pompée a luy-mesme ployé?
Quand on veut soustenir ceux que le sort accable
A force d'estre iuste on est souuent coupable,
Et la fidelité qu'on garde imprudemment
Apres vn peu d'esclat traisne vn long chastiment,
Trouue vn noble reuers dont les coups inuincibles
Pour estre glorieux ne sont pas moins sensibles.
Sire, n'attirez point le tonnerre en ces lieux,
Rangez vous du party des destins, & des Dieux,

Et fans les accufer d'iniuftice, ou d'outrage,
Puis qu'ils font les heureux, adorez leur ouurage;
Quels que foient leurs decrets, declarez vous pour eux,
Et pour leur obeyr perdez le malheureux.
Preffé de toutes parts des coleres celeftes
Il en vient deffus vous faire fondre les reftes,
Et fa tefte qu'à peine il a peu defrober
Toute prefte de choir cherche auec qui tomber;
Sa retraite chez vous en effet n'eft qu'vn crime,
Elle marque fa haine, & non pas fon eftime,
Il ne vient que vous perdre en venant prendre port,
Et vous pouuez douter s'il eft digne de mort!
Il deuoit mieux remplir nos vœux & noftre attente,
Faire voir fur fes nefs la victoire flottante,
Il n'euft icy trouué que ioye & que feftins,
Mais puis qu'il eft vaincu, qu'il s'en prene aux deftins,
I'en veux à fa difgrace & non à fa perfonne,
I'execute à regret ce que le Ciel ordonne,
Et du mefme poignard pour Cefar deftiné
Ie perce en foûpirant fon cœur infortuné.
Vous ne pouuez enfin qu'aux defpens de fa tefte
Mettre à l'abry la voftre & parer la tempefte:
Laiffez nommer fa mort vn iniufte attentat,
La iuftice n'eft pas vne vertu d'Eftat,
Le choix des actions ou mauuaifes ou bonnes
Ne fait qu'aneantir la force des Couronnes

Le droit des Rois consiste à ne rien espargner,
La timide equité destruit l'art de regner,
Quãd on craint d'estre iniuste, on a tousiours à craindre;
Et qui veut tout pouuoir doit oser tout enfraindre,
Fuir comme vn deshonneur la vertu qui le perd,
Et voler sans scrupule au crime qui le sert.
C'est là mon sentiment, Achillas & Septime
S'attacheront peut-estre à quelque autre maxime,
Chacun a son aduis, mais quel que soit le leur,
Qui frappe le vaincu ne craint point le vainqueur.

ACHILLAS.

Sire, Photin dit vray, mais quoy que de Pompée
Ie voye & la fortune & la valeur trompée,
Ie regarde son sang comme vn sang precieux
Qu'au milieu de Pharsale ont respecté les Dieux:
Non qu'en vn coup d'Estat ie n'approuue le crime,
Mais s'il n'est necessaire il n'est point legitime,
Et quel besoin icy d'vne extreme rigueur?
Qui n'est point au vaincu ne craint point le vainqueur,
Neutre iusqu'à present, vous pouuez l'estre encore,
Vous pouuez adorer César, si l'on l'adore,
Mais quoy que vos encens le traitent d'immortel
Cette grande victime est trop pour son Autel,
Et sa teste immolée au Dieu de la victoire
Imprime à vostre nom vne tache trop noire,

Ne le pas ſecourir ſuffit ſans l'opprimer.
En vſant de la ſorte on ne vous peut blaſmer,
Vous luy deuez beaucoup, par luy Rome animée
A fait rendre le ſceptre au feu Roy Ptolomée,
Mais la recognoiſſance & l'hoſpitalité
Sur les ames des Rois n'ont qu'vn droit limité :
Quoy que doiue vn Monarque, & deuſt il ſa couronne,
Il doit à ſes ſuiets encor plus qu'à perſonne,
Et ceſſe de deuoir quand la debte eſt d'vn rang
Qu'il ne peut acquiter qu'aux deſpens de leur ſang.
S'il eſt iuſte d'ailleurs que tout ſe conſidere,
Que hazardoit Pompée en ſeruant voſtre pere ?
Il ſe voulut par là faire voir tout-puiſſant,
Et vit croiſtre ſa gloire en le reſtabliſſant.
Il le ſeruit en fin, mais ce fut de la langue,
La bourſe de Céſar fit plus que ſa harangue,
Sans ſes mille talents, Pompée & ſes diſcours
Pour rentrer en Egipte eſtoient vn froid ſecours.
Qu'il ne vante donc plus ſes merites friuoles,
Les effets de Céſar valent bien ſes paroles,
Et ſi c'eſt vn bienfait qu'il faut rendre auiourd'huy,
Comme il parla pour vous, vous parlerez pour luy.
Ainſi vous le pouuez & deuez recognoiſtre,
Le receuoir chés vous c'eſt receuoir vn maiſtre
Qui tout vaincu qu'il eſt brauant le nom de Roy
Dans vos propres Eſtats vous donneroit la loy.

Fermés luy donc vos ports, mais espargnez sa teste ?
S'il le faut toutefois ma main est toute preste,
Ie sçais obeyr, Sire, & ie serois jaloux
Qu'autre bras que le mien portast les premiers coups.

SEPTIME.

Sire, ie suis Romain, ie cognoy l'vn & l'autre,
Pompée a besoin d'ayde, il vient chercher la vostre ;
Vous pouuez comme maistre absolu de son sort
Le seruir, le chasser, le liurer vif, ou mort :
Des quatre le premier vous seroit trop funeste,
Souffrez donc qu'en deux mots iexamine le reste.
Le chasser, c'est vous faire vn puissant ennemy,
Sans obliger par là le vainqueur qu'à demy,
Puisque c'est luy laisser & sur mer & sur terre
La suite d'vne longue & difficile guerre,
Dont peut estre tous deux esgalement lassez,
Se vangeroient sur vous de tous les maux passez,
Le liurer à Cesar n'est que la mesme chose,
Il luy pardonnera s'il faut qu'il en dispose,
Et s'armant à regret de generosité
D'vne fausse clemence il fera vanité,
Heureux de l'asseruir en luy donnant la vie,
Et de plaire par là mesme à Rome asseruie,
Cependant que forcé despargner son riual
Aussi bien que Pompée il vous voudra du mal.

Il faut

Il faut le deliurer du peril & du crime,
Affeurer fa puiffance & fauuer fon eftime,
Et du party contraire en ce grand Chef deftruit
Prendre fur vous la honte, & luy laiffer le fruict.
C'eft-là mon fentiment, ce doit eftre le voftre,
Par là vous gaignez l'vn, & ne craignez plus l'autre,
Mais fuiuant d'Achillas le confeil hazardeux
Vous n'en gaignez pas vn, & les perdez tous deux.

PTOLOMEE.

N'examinons donc plus la iuftice des caufes,
Et cedons au torrent qui traifne toutes chofes,
Ie paffe au plus de voix, & de mon fentiment
Ie veux bien auoir part à ce grand changement.
Affez & trop long-temps l'arrogance de Rome
A crû qu'eftre Romain c'eftoit eftre plus qu'homme,
Abatons fa fuperbe auec fa liberté,
Dans le fang de Pompée efteignons fa fierté,
Tranchons l'vnique efpoir où tant d'orgueil fe fonde,
Et donnons vn Tyran à ces tyrans du monde,
Confentons au deftin qui les veut mettre aux fers,
Et preftons luy la main pour vanger l'Vniuers.
Rome, tu feruiras, & ces Roys que tu braues,
Et que ton infolence ofe traicter d'efclaues,
Adoreront Cefar auec moins de douleur,
Puis qu'il fera ton maiftre auffi bien que le leur.

B

Allez donc Achillas, allez auec Septime
Nous immortaliser par cét illuſtre crime,
Qu'il plaiſe au Ciel ou non, laiſſez m'en le ſoucy,
Ie croy qu'il veut ſa mort, puis qu'il l'amene icy.

ACHILLAS.

Sire, ie croy tout iuſte alors qu'vn Roy l'ordonne.

PTOLOMEE.

Allez, & haſtez vous d'aſſeurer ma couronne,
Et vous reſſouuenez que ie mets en vos mains
Le deſtin de l'Egipte, & celuy des Romains.

SCENE II.

PTOLOMEE, PHOTIN.

PTOLOMEE.

PHotin, ou ie me trompe, ou ma ſœur eſt deceuë,
De l'abord de Pompée elle eſpere autre iſſuë,
Sçachant que de mon pere il a le teſtament
Elle ne doute point de ſon couronnement,
Elle ſe croit deſia ſouueraine maiſtreſſe
D'vn ſceptre partagé que ſa bonté luy laiſſe.

Et se promettant tout de leur vieille amitié
De mon Trosne dans l'ame elle prend la moitié,
Ou de son vain orgueil les cendres r'allumees
Poussent desia dans l'air de nouuelles fumees.

PHOTIN.

Sire, c'est vn motif que ie ne disois pas
Qui deuoit de Pompée aduancer le trespas,
Sans doute il iugeroit de la sœur & du frere
Suiuant le testament du feu Roy vostre Pere,
Son hoste & son amy qui l'en voulut saisir,
Iugez apres cela de vostre desplaisir.
Ce n'est pas que ie vueille en vous parlant contre elle
Rompre les sacrez nœuds d'vne amour fraternelle,
Du Trosne, & non du cœur ie la veux esloigner,
Car c'est ne regner pas qu'estre deux à regner,
Vn Roy qui s'y resout est mauuais Politique,
Il destruit son pouuoir quand il le communique,
Et les raisons d'Estat ...mais, Sire, la voicy.

SCENE III.

PTOLOMEE, CLEOPATRE, PHOTIN.

CLEOPATRE.

SIRE, Pompée arriue, & vous estes icy!

PTOLOMEE.

J'attens dans mon Palais ce guerrier magnanime,
Et luy viens d'enuoyer Achillas, & Septime.

CLEOPATRE.

Quoy ? Septime à Pompée ! à Pompée Achillas !

PTOLOMEE.

Si ce n'est assez d'eux, allez, suiuez leurs pas.

CLEOPATRE.

Donc pour le receuoir c'est trop que de vous mesme ?

PTOLOMEE.

Ma sœur, ie doibs garder l'honneur du Diadéme.

CLEOPATRE.

Si vous en portez vn, ne vous en souuenez
Que pour baiser la main de qui vous le tenez,
Que pour en faire hõmage aux pieds d'vn si grãd hõme.

PTOLOMEE.

Au sortir de Pharsale est-ce ainsi qu'on le nomme?

CLEOPATRE.

Fust il dans son malheur de tous abandonné,
Il est tousiours Pompée, & vous a couronné.

PTOLOMEE.

Il n'en est plus que l'ombre, & couronna mon pere
Dont l'ombre & non pas moy luy doit ce qu'il espere,
S'il veut, il peut aller dessus son mouuement
Receuoir ses deuoirs & son remerciment.

CLEOPATRE.

Apres vn tel bien fait, c'est ainsi qu'on le traicte!

PTOLOMEE.

Ie men souuiens, ma sœur, & ie voy sa deffaite.

CLEOPATRE.

Vous la voyez de vray, mais d'vn œil de mespris.

LA MORT

PTOLOMEE.

Le temps de chaque chose ordonne & fait le prix,
Vous qui l'estimez tant, allez luy rendre hommage,
Mais songez qu'au port mesme il peut faire naufrage.

CLEOPATRE.

Il peut faire naufrage, & mesme dans le port !
Quoy ? vous auriez osé luy preparer la mort ?

PTOLOMEE.

J'ay fait ce que les Dieux m'ont inspiré de faire,
Et que pour mon Estat i'ay iugé necessaire.

CLEOPATRE

Ie ne le voy que trop, Photin, & ses pareils
Vous ont empoisonné de leurs lâches conseils,
Ces ames que le Ciel ne forma que de boüe.....

PHOTIN.

Ce sont de nos conseils, oüy, Madame, & i'aduoüe...

CLEOPATRE.

Photin, ie parle au Roy, vous respondrez pour tous
Quand ie m'abaisseray iusqu'à parler à vous.

PTOLOMEE.

Il faut, vn peu souffrir de cette humeur hautaine,
Ie sçay vostre innocence, & ie cognoy sa hayne,
Apres tout, c'est ma sœur, oyez sans repartir.

CLEOPATRE.

S'il est, Sire, encor temps de vous en repentir,
Affranchissez vous d'eux & de leur tyrannie,
Rappellez la vertu par leurs conseils bannie,
Ceste haute vertu dont le Ciel & le sang
Enflent tousiours les cœurs de ceux de nostre rang.

PTOLOMEE,

Quoy? d'vn friuole espoir desia preoccupée
Vous me parlez en Reyne en parlant de Pompée,
Et d'vn faux Zele ainsi vostre orgueil reuestu
Fait agir l'interest soubs le nom de vertu?
Confessez-le, ma sœur, vous sçauriez vous en taire
N'estoit le testament du feu Roy nostre Pere,
Vous sçauez qu'il le garde.

CLEOPATRE.

      Et vous sçaurez aussi
Que la seule vertu me fait parler ainsi,
Et que si l'interest m'auoit preoccupée,
I'agirois pour Cesar, & non pas pour Pompée.

Apprenez vn secret que ie voulois cacher,
Et cessez desormais de me rien reprocher.
Quand ce peuple insolent qu'enferme Alexandrie
Fit quitter au feu Roy son Trosne & sa patrie,
Et que par ces mutins chassé de son Estat
Il fut iusques à Rome implorer le Senat,
Il nous mena tous deux pour toucher son courage,
Vous assez ieune encor, moy desia dans vn aage
Ou ce peu de beauté que m'ont donné les Cieux
D'vn assez vif esclat faisoit briller mes yeux.
Cesar en fut espris, du moins il feignit l'estre,
Et voulut que l'effet le fit bien-tost paroistre,
Mais voyant contre luy le Senat irrité,
Il fit agir Pompée & son authorité.
Ce dernier nous seruit à sa seule priere,
Qui de leur amitié fut la preuue derniere,
Vous en sçauez l'effet, & vous en iouïssez,
Mais pour vn tel amant ce ne fut pas assez,
Apres auoir pour nous employé ce grand homme
Qui nous gaigna soudain toutes les voix de Rome,
Son amour en voulut seconder les efforts,
Et nous ouurant son cœur nous ouurit ses tresors,
Nous eusmes de ses feux encore en leur naissance,
Et les nerfs de la guerre, & ceux de la puissance,
Et les mille talents qui luy sont encor deus
Remirent en nos mains tous nos Estats perdus.

Le Roy

Le Roy qui s'en souuint à son heure fatale
Me laissa comme a vous la dignité Royale,
Et par son testament qui doit seruir de loy
Me rendit vne part de ce qu'il tint de moy.
C'est ainsi qu'ignorant d'où vint ce bon office
Vous appellez faueur ce qui n'est que iustice,
Et l'osez accuser d'vne aueugle amitié
Quand du tout qu'il me doit, il me rend la moitié.

PTOLOMEE.

Certes, ma sœur, le conte est fait auec adresse.

CLEOPATRE.

Cesar viendra bien-tost, & i'en ay lettre expresse,
Et peut estre auiourd'huy vos yeux seront tesmoins
De ce que vostre esprit s'imagine le moins.
Ce n'est pas sans suiet que ie parlois en Reyne,
Ie n'ay receu de vous que mespris & que hayne,
Et de ma part du sceptre indigne rauisseur
Vous m'auez plus traictée en esclaue qu'en sœur;
Mesme pour euiter des effets plus sinistres,
Il m'a fallu flatter vos insolents ministres
Dont i'ay craint iusqu'icy le fer, ou le poison,
Mais Pompée où Cesar m'en va faire raison,
Et quoy qu'auec Photin Achillas en ordonne,
Ou l'vne ou l'autre main me rendra ma couronne,

C

Cependant mon orgueil vous laiſſe à demeſler
Quel eſtoit l'intereſt qui me faiſoit parler.

SCENE IV

PTOLOMEE, PHOTIN.

PTOLOMEE.

QVE dites vous, amy, de ceſte ame orgueilleuſe ?

PHOTIN.

Sire, ceſte ſurpriſe eſt pour moy merueilleuſe,
Ie n'en ſçay que penſer, & mon cœur eſtonné
D'vn ſecret que iamais il n'auroit ſoupçonné,
Inconſtant & confus dans ſon incertitude
Ne ſe reſout à rien qu'auec inquietude.

PTOLOMEE.

Sauuerons-nous Pompée ?

PHOTIN.

Il faudroit faire effort
Si nous l'auions ſauué, pour conclurre ſa mort.

Cleopatre vous hait, elle est fiere, elle est belle,
Et si l'heureux Cesar a de l'amour pour elle,
La teste de Pompée est l'vnique present
Qui vous face contr'elle vn rempart suffisant.

PTOLOMEE.

Ce dangereux esprit a beaucoup d'artifice.

PHOTIN.

Son artifice est peu contre vn si grand seruice.

PTOLOMEE.

Mais si tout grand qu'il est, il cede à ses appas?

PHOTIN.

Il la faudra flatter, mais ne m'en croyez pas,
Et pour mieux empescher qu'elle ne vous opprime
Consultez en encor Achillas & Septime.

PTOLOMEE.

Allons donc les voir faire, & montons à la tour,
Et nous en resoudrons ensemble à leur retour.

Fin du premier Acte.

C ij

ACTE II.

SCENE PREMIERE.

CLEOPATRE, CHARMION.

CLEOPATRE.

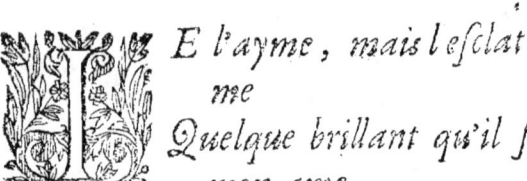

E l'ayme, mais l'esclat d'vne si belle flã-
me
Quelque brillant qu'il soit n'ébloüyt poins
mon ame,
Et tousiours ma vertu retrace dans mon cœur
Ce qu'il doit au vaincu bruslant pour le vainqueur.
Aussi qui l'ose aymer porte vne ame trop haute
Pour souffrir seulement le soupçon d'vne faute,
Et ie le traiterois auec indignité,
Si i'aspirois à luy par vne lascheté.

CHARMION.

Quoy! vous aymez Cesar, & si vous estiez creüe,
L'Egipte pour Pompée armeroit à sa veuë,
En prendroit la deffense, & par vn prompt secours
Du destin de Pharsale arresteroit le cours !
L'amour certes sur vous a bien peu de puissance.

CLEOPATRE.

Les Princes ont cela de leur haute naissance,
Leur ame dans leur sang prend des impressions
Qui dessoubs leur vertu rangent leurs passions;
Leur generosité sousmet tout à leur gloire,
Tout est illustre en eux quand ils osent se croire,
Et si le peuple y voit quelques desreglements,
C'est quand l'aduis d'autruy corrompt leurs sentiments.
Ce malheur de Pompée acheue la ruine,
Le Roy l'eust secouru, mais Photin l'assassine,
Il croit cette ame basse & se monstre sans foy,
Mais s'il croyoit la sienne il agiroit en Roy.

CHARMION.

Ainsi donc de Cesar l'amante & l'ennemie......

CLEOPATRE.

Ie luy garde vne flâme exempte d'infamie,
Vn cœur digne de luy.

C iij

CHARMION.

> Vous possedez le sien ?

CLEOPATRE.

Ie croy le posseder.

CHARMION.

> Mais le sçauez vous bien ?

CLEOPATRE.

Apren qu'vne Princesse aymant sa renommée
Quand elle aduoüe aymer, s'asseure d'estre aymée,
Et de quelque beau feu que son cœur soit espris,
Ne s'expose iamais aux hontes d'vn mespris.
Nostre seiour à Rome enflâma son courage,
Là i'eus de son amour le premier tesmoignage,
Et depuis insqu'icy chaque iour ses courriers
M'apportent en tribut ses vœux & ses lauriers :
Par tout, en Italie, aux Gaules, en Espagne,
La fortune le suit & l'amour l'accompagne,
Son bras ne dompte point de peuples ny de lieux
Dont il ne rende hommage au pouuoir de mes yeux,
Et del a mesme main dont il quitte l'espée
Fumante encor du sang des amis de Pompée,
Il trace des soûpirs, & d'vn style plaintif
Dans son champ de victoire il se dit mon captif.

Oüy, tout victorieux il m'escrit de Pharsale,
Et si sa diligence a ses feux est esgale,
Ou plustost si la mer ne s'oppose à ses feux,
L'Egipte le va voir me presenter ses vœux.
Il vient, ma Charmion, iusques dans nos murailles
Chercher auprés de moy le prix de ses batailles,
M'offrir toute sa gloire, & soufmettre à mes loix
Et le cœur & la main qui les donnent aux Rois,
Si bien que ma rigueur, ainsi que le tonnerre,
Peut faire vn malheureux du maistre de la terre.

CHARMION.

I'oserois bien iurer que vos diuins appas
Se vantent d'vn pouuoir dont ils n'vseront pas,
Et que le grand Cesar n'a rien qui l'importune
Si vos seules rigueurs ont droit sur sa fortune.
Mais quelle est vostre attente, & que pretendez vous
Puisque d'vne autre femme il est desia l'espoux,
Et qu'auec Calpurnie vn paisible Hymenée
Par des liens sacrés tient son ame enchaisnée ?

CLEOPATRE.

Le diuorce auiourd'huy si commun aux Romains
Peut rendre en ma faueur tous ces obstacles vains,
Cesar en sçait l'vsage, & la ceremonie,
Vn diuorce chez luy fit place à Calpurnie.

CHARMION.

Par cette mesme voye il pourra vous quitter.

CLEOPATRE.

Peut estre mon bon-heur sçaura mieux l'arrester,
Et si iamais le Ciel fauorisoit ma couche
De quelque rejetton de cette illustre souche,
Cette heureuse vnion de mon sang & du sien
Vniroit à iamais son destin & le mien :
Cõme il n'a plus d'enfans, ces chers & nouueaux gages
Me seroyent de son cœur de precieux ostages.
Mais laissons au hazard ce qui peut arriuer,
Acheuons cet Hymen s'il se peut acheuer,
Ne durast-il qu'vn iour, ma gloire est sans seconde
D'estre du moins vn iour la maistresse du monde.
I'ay de l'ambition, & soit vice, ou vertu,
Mon cœur soubs son fardeau veut bien estre abbatu,
I'en ayme la chaleur, & la nomme sans cesse
La seule passion digne d'vne Princesse.
Mais ie veux que la gloire anime ses ardeurs,
Qu'elle mene sans honte au faiste des grandeurs,
Et ie la desaduouë alors que sa manie
Nous presente le throsne auec ignominie.
Ne t'estonne donc plus, Charmion, de me voir
Defendre encor Pompée & suiure mon deuoir,

Ne

Ne pouuant rien de plus pour sa vertu seduite
Dans mon ame en secret ie l'exhorte a la fuite,
Et voudrois qu'vn orage escartant ses vaisseaux
Malgré luy l'enleuast aux mains de ses bourreaux.
Mais voicy de retour le fidelle Achorée
Par qui i'en apprendray la nouuelle asseurée.

SCENE II.

CLEOPATRE, ACHOREE, CHARMION.

CLEOPATRE.

EN est ce desia fait, & nos bords malheureux
Sont-ils desia souïllés d'vn sang si genereux?

ACHOREE.

Madame, i'ay couru par vostre ordre au riuage,
I'ay veu la trahison, i'ay veu toute sa rage,
Du plus grand des mortels i'ay veu trancher le sort,
I'ay veu dans son malheur la gloire de sa mort,
Et puisque vous voulez qu'icy ie vous raconte
La gloire d'vne mort qui nous couure de honte,

D

Escoutez, admirez, & plaignez son trespas.
Ses trois vaisseaux en rade auoient mis voile bas,
Et voyant dans le port preparer nos gaieres,
Il croyoit que le Roy touché de ses miseres
Par vn beau sentiment d'honneur & de deuoir
Auec toute sa Cour le venoit receuoir:
Mais voyant que ce Prince ingrat à ses merites
N'enuoyoit qu'vn esquif remply de satellites,
Il soupçonna deslors son manquement de foy,
Et se laissa surprendre à quelque peu d'effroy:
En fin voyant nos bords & nostre flotte en armes
Il condamna soudain ces indignes alarmes,
Et pensa seulement dans ce pressant ennuy
A ne hazarder pas Cornelie auec luy.
N'exposons, luy dit-il, que cette seule teste
A la reception que l'Egipte m'apreste,
Et tandis que moy seul i'en courray le danger
Songe à prendre la fuite afin de me vanger:
Le Roy Iuba nous garde vne foy plus sincere,
Chés luy tu trouueras & mes fils & ton pere,
Mais quand tu les verrois descendre chés Pluton,
Ne desespere point du viuant de Caton.
Il dit, & cependant que leur amour conteste,
Achillas à son bord ioint son esquif funeste,
Septime se presente, & luy tendant la main
Le salüe Empereur en langage Romain,

Et comme deputé de ce ieune Monarque,
Passés, Seigneur, dit-il, passés dans cette barque,
Les sables & les bancs cachés dessoubs les eaux
Rendent l'accés mal seur à de plus grands vaisseaux.
Ce Heros voit la fourbe, & s'en mocque dans l'ame,
Il reçoit les Adieux des siens, & de sa femme,
Leur deffend de le suiure, & s'auance au trespas
Auec le mesme front qu'il donnoit les Estats,
La mesme Majesté sur son visage emprainte
Entre ces assassins monstre vn esprit sans crainte,
Sa vertu tout entiere à la mort le conduit;
Son affranchy Philippe est le seul qui le suit,
C'est de luy que i'ay sceu ce que ie viens de dire,
Mes yeux ont veu le reste, & mon cœur en souspire,
Et croit que Cesar mesme a de si grands malheurs
Ne pourra refuser des souspirs & des pleurs.

CLEOPATRE.

N'espargnez pas les miens, acheuez, Achorée,
L'histoire d'vne mort que i'ay desia pleurée.

ACHOREE.

On l'amene, & du port nous le voyons venir
Sans que pas vn d'entr'eux daigne l'entretenir,
Ce mespris luy fait voir ce qu'il en doit attendre.
En fin l'esquif aborde, on l'inuite à descendre,

Il se leue, & soudain par derriere Achillas
Comme pour commencer tirant son coutelas,
Septime & trois des siens, lasches enfans de Rome,
Percent à coups pressés les flancs de ce grand homme,
Tandis qu'Achillas mesme espouuanté d'horreur
De ces quatre enragés admire la fureur.

CLEOPATRE

Vous qui liurez la terre aux discordes ciuiles
Si vous vâgez sa mort, Dieux, espargnez nos villes,
N'imputez rien aux lieux, recognoissez les mains,
Le crime de l'Egipte est fait par des Romains.
Mais que fait & que dit ce genereux courage?

ACHOREE

D'vn des pans de sa robbe il couure son visage,
A son mauuais destin en aueugle obeyt,
Et desdaigne de voir le Ciel qui le trahit,
De peur qu'il ne semblast contre vne telle offense
Implorer d'vn coup d'œil son ayde & sa vangeance.
Aucun gemissement à son cœur eschappé
Ne le montre en mourant digne d'estre frappé,
Immobile a leurs coups, en luy mesme il rappelle
Ce qu'eut de beau sa vie & ce qu'on dira d'elle,
Et tient la trahison que le Roy leur prescrit
Trop au dessoubs de luy pour y prester l'esprit:

Sa vertu dans leur crime augmente ainſi ſon luſtre,
Et ſon dernier ſouſpir eſt vn ſouſpir illuſtre,
Qui de cette grande ame acheuant les deſtins
Eſtale tout Pompée aux yeux des aſſaſſins.
Sa teſte ſur les bords de la barque panchée
Par le traiſtre Septime indignement tranchée
Paſſe au bout d'vne lance en la main d'Achillas
Ainſi qu'vn grand trophée apres de grands combats;
Et pour combler en fin ſa Tragique auanture,
On donne à ce Heros la mer pour ſepulture,
Et le tronc ſoubs les flots roule d'oreſnauant
Au gré de la fortune & de l'onde & du vent.
A ce ſpectacle affreux la pauure Cornelie.....

CLEOPATRE.

Dieux! en quels deſplaiſirs eſt-elle enſeuelie?

ACHOREE.

Ayant touſiours ſuiuy ce cher eſpoux des yeux,
Ie lay veuë eſleuer ſes triſtes mains aux Cieux,
Puis cedant auſſi toſt à la douleur plus forte
Tomber dans ſa galere eſuanoüye, ou morte.
Les ſiens en ce deſaſtre à force de ramer
L'eſloignent du riuage & regaignent la mer,
Mais ſa fuite eſt mal ſeure, & l'infame Septime
Qui ſe voit deſrober la moitié de ſon crime,

D iij

Affin de l'acheuer, prend six vaisseaux au port,
Et poursuit sur les eaux Pompée apres sa mort.
Cependant Achillas porte au Roy sa conqueste,
Tout le peuple tremblant en destourne la teste,
Vn effroy general offre à l'vn soubs ses pas
Des abismes ouuerts pour vanger ce trespas,
L'autre entend le tonnerre, & l'autre se figure
Vn desordre soudain de toute la Nature,
Tant l'excés du forfait troublant leurs iugemens
Presente à leur terreur l'excés des chastimens.
Philippe d'autre part monstrant sur le riuage
Dans vne ame seruile vn genereux courage,
Examine d'vn œil & d'vn soin curieux
Où les vagues rendront ce depost precieux,
Pour luy rẽdre, s'il peut, ce qu'aux morts on doit rẽdre,
Dans quelque vrne chetifue en ramasser la cendre,
Et d'vn peu de poussiere esleuer vn tombeau
A celuy qui du monde eut le sort le plus beau.
Mais comme vers l'Afrique on poursuit Cornelie,
On voit d'ailleurs Cesar venir de Thessalie,
Vne flotte paroist qu'on à peine à conter.

CLEOPATRE.

C'est luy mesme, Achorée, il n'en faut point douter.
Tremblés, tremblés, meschans, voicy venir la foudre,
Cleopatre a dequoy vous mettre tous en poudre,

Cefar vient, elle eft Reyne, & Pompée eft vangé,
La tyrannie eft bas, & le fort eft changé.
Admirons cependant le deftin des grands hommes,
Plaignons les, & par eux iugeons ce que nous fommes.
Ce Prince d'vn Senat maiftre de l'Vniuers,
De qui l'heur fembloit eftre au deffus du reuers,
Luy que fa Rome a veu plus craint que le tonnerre,
Triompher en trois fois des trois parts de la terre,
Et qui voyoit encor en ces derniers hazards
L'vn & l'autre Conful fuiure fes eftendarts,
Si toft que d'vn malheur fa fortune eft fuiuie,
Les monftres de l'Egipte ordonnent de fa vie,
On voit vn Achillas, vn Septime, vn Photin,
Arbitres fouuerains d'vn fi noble deftin,
Vn Roy qui de fes mains a receu la couronne
A ces peftes de Cour lafchement l'abandonne :
Ainfi finit Pompée, & peut-eftre qu'vn iour
Cefar efprouuera mefme fort à fon tour.
Rendés l'augure faux, Dieux, qui voyés mes larmes,
Et fecondés par tout & mes vœux & fes armes.

CHARMION.

Madame, le Roy vient qui pourra vous oüyr.

SCENE III.

PTOLOMEE, CLEOPATRE, CHARMION.

PTOLOMEE.

Sçauez-vous le bon-heur dont nous allons ioüyr,
Ma sœur?

CLEOPATRE.

Oüy, ie le sçay, le grand Cesar arriue,
Soubs les loix de Photin ie ne suis plus captiue.

PTOLOMEE.

Vous hayssez, tousiours ce fidelle suiet.

CLEOPATRE.

Non, mais en liberté ie ris de son projet.

PTOLOMEE.

Quel projet faisoit-il dont vous peussiez vous plaindre?

CLEOPATRE.

I'en ay souffert beaucoup, & i'auois plus à craindre,

Vn

Vn si grand Politique est capable de tout,
Et vous donnez les mains à tout ce qu'il resout.

PTOLOMEE.

Si ie suy ses conseils, i'en cognoy la prudence.

CLEOPATRE.

Si i'en crain les effets, i'en voy la violence.

PTOLOMEE.

Pour le bien de l'Estat tout est iuste en vn Roy.

CLEOPATRE.

Ce genre de iustice est à craindre pour moy,
Apres ma part du Sceptre à ce tiltre vsurpée,
Il en couste la vie, & la teste à Pompée.

PTOLOMEE.

Iamais vn coup d'Estat ne fut mieux entrepris,
Le voulant secourir Cesar nous eust surpris,
Vous voyez sa vitesse, & l'Egipte troublée
Auant qu'estre en defense en seroit accablée:
Mais ie puis maintenant à cét heureux vainqueur
Offrir en seureté mon Trosne & vostre cœur.

E

CLEOPATRE.

Ie feray mes prefens, n'ayez foin que des voftres,
Et dans vos interefts n'en confondez point d'autres.

PTOLOMEE.

Les voftres font les miens eftans de mefme fang.

CLEOPATRE.

Vous pouuez dire encor eftans de mefme rang,
Eftans Rois l'vn & l'autre, & toutefois ie penfe
Que nos deux interefts ont quelque difference.

PTOLOMEE.

Oüy, ma fœur, car l'Eftat dont mon cœur eft content
Sur quelques bords du Nil à grand peine s'eftend:
Mais Cefar à vos loïx foufmettant fon courage
Vous va faire regner fur le Gange & le Tage.

CLEOPATRE.

I'ay de l'ambition, mais ie la fçay regler,
Elle peut m'esbloüyr, & nonpas m'aueugler,
Ne parlons point icy du Tage, ny du Gange,
Ie cognoy ma portée, & ne prends point le change.

PTOLOMEE.

L'occafion vous rit, & vous en vferez,

CLEOPATRE.

Si ie n'en vse bien, vous m'en accuferez.

PTOLOMEE.

I'en espere beaucoup veu l'amour qui l'engage.

CLEOPATRE.

Vous la craignez peut-estre encore d'auantage,
Mais quelque occasion qui me rie autourd'huy,
N'ayez aucune peur, ie ne veux rien d'autruy,
Ie ne garde pour vous ny haine, ny colere,
Et ie suis bonne sœur, si vous n'estes bon frere.

PTOLOMEE.

Vous monstrez cependant vn peu bien du mespris.

CLEOPATRE.

Le temps de chaque chose ordonne & fait le prix.

PTOLOMEE.

Vostre façon d'agir le fait assez cognoistre.

CLEOPATRE.

Le grand Cesar arriue, & vous auez vn maistre.

E ij

PTOLOMEE.

Il l'eſt de tout le monde, & ie l'ay fait le mien.

CLEOPATRE.

Allez luy rendre hommage, & i'attendray le ſien.
Allez, ce n'eſt pas trop pour luy que de vous meſme,
Ie garderay pour vous l'honneur du Diadéme,
Photin vous vient ayder à le bien receuoir,
Conſultez auec luy quel eſt voſtre deuoir.

SCENE IV.

PTOLOMEE, PHOTIN.

PTOLOMEE.

I'AY ſuiuy tes conſeils, mais plus ie l'ay flattée,
Et plus dans l'inſolence elle s'eſt emportée ;
Si bien qu'en fin outré de tant d'indignitez,
Ie m'allois emporter dans les extremitez,
Mon bras dont ſes meſpris forçoient la retenuë
N'euſt plus conſideré Ceſar, ny ſa venuë,
Et l'euſt miſe en eſtat malgré tout ſon appuy
De ſe plaindre à Pompée auparauant qu'à luy.

L'arrogante, à l'oüyr elle est desia ma Reine,
Et si Cesar en croit son orgueil & sa haine,
Si, comme elle s'en vante, elle est son cher objet,
De son frere & son Roy ie deuiens son sujet.
Non, non, preuenons là, c'est foiblesse d'attendre
Le mal qu'on voit venir sans pouuoir s'en defendre,
Ostons luy les moyens de nous plus desdaigner,
Ostons-luy les moyens de plaire & de regner,
Et ne permettons pas qu'apres tant de brauades,
Mon Sceptre soit le prix d'vne de ses œillades.

PHOTIN.

Sire, ne donnez point de pretexte à Cesar
Pour attacher l'Egipte aux pompes de son char,
Ce cœur ambitieux qui par toute la terre
Ne cherche qu'à porter l'esclauage & la guerre,
Enflé de sa victoire & des ressentimens
Qu'vne perte pareille imprime aux vrais amans,
Quoy que vous ne rendiez que iustice à vous mesme,
Prendroit l'occasion de vanger ce qu'il ayme,
Et pour s'assuiettir & vos Estats & vous,
Imputeroit à crime vn si iuste couroux.

PTOLOMEE.

Si Cleopatre vit, s'il la voit, elle est Reine.

E iij

PHOTIN.

Si Cleopatre meurt, voftre perte eft certaine.

PTOLOMEE.

Ie perdray qui me perd ne pouuant me fauuer.

PHOTIN.

Pour la perdre auec ioye il faut vous conferuer.

PTOLOMEE.

Quoy? pour voir fur fa tefte efclater ma Couronne?
Sceptre, s'il faut en fin que ma main t'abandonne,
Paffe, paffe pluftoft en celle du vainqueur.

PHOTIN.

Vous l'arracherez mieux de celle d'vne fœur.
Quelque feux que d'abord il luy face paroiftre,
Il partira bien-toft, & vous ferez le maiftre,
L'amour à fes pareils ne donne point d'ardeur
Qui ne cede aifément aux foins de leur grandeur;
Il voit encor l'Afrique & l'Efpagne occupées
Par Iuba, Scipion, & les ieunes Pompées,
Et le monde à fes loix n'eft point affuietty
Tant qu'il verra durer ces reftes du party.

Au sortir de Pharsale vn si grand Capitaine
Sçauroit mal son mestier s'il laissoit prendre haleine,
Et s'il donnoit loisir à des cœurs si hardis
De releuer du coup dont ils sont estourdis.
S'il les vainc, s'il paruient où son desir aspire,
Il faut qu'il aille à Rome establir son Empire,
Ioüyr de sa fortune, & de son attentat,
Et changer à son gré la forme de l'Estat.
Iugez durant ce temps ce que vous pourrez faire,
Sire, voyez Cesar, forcez-vous à luy plaire,
Et luy deferant tout, veüillez vous souuenir
Que les euenemens regleront l'aduenir.
Remettez en ses mains Trosne, Sceptre, Couronne,
Et sans en murmurer souffrez qu'il en ordonne,
Il en croira sans doute ordonner iustement
En suiuant du feu Roy l'ordre & le testament;
L'importance d'ailleurs de ce dernier seruice
Ne permet pas d'en craindre vne entiere iniustice:
Quoy qu'il en face en fin, feignez d'y consentir,
Loüez son iugement & le laissez partir,
Apres, quãd nous verrõs le temps propre aux vãgeãces,
Nous aurons & la force & les intelligences;
Iusques là reprimez ces transpors violens
Qu'excitent d'vne sœur; les mespris insolens,
Les brauades en fin sont des discours friuoles,
Et qui songe aux effets, neglige les paroles.

PTOLOMEE.

Ah! tu me rends la vie & le sceptre à la fois,
Vn sage Conseiller est le bon-heur des Rois,
Cher appuy de mon throsne, allons sans plus attendre
Offrir tout à Cesar afin de tout reprendre,
Et pour vaincre d'honneurs son absolu pouuoir
Auec toute ma flotte allons le receuoir.

Fin du second Acte.

ACTE

ACTE III.

SCENE PREMIERE.

CHARMION, ACHOREE.

CHARMION.

VY, tandis que le Roy va luy mefme en
   perfonne
Iufque aux pieds de Cefar profterner fa
   Couronne,
Cleopatre s'enferme en fon appartement,
Et fans s'en efmouuoir attend fon compliment ;
Comment nommerez vous vne humeur fi hautaine

ACHOREE.

Vn orgueil noble & iufte, & digne d'vne Reyne

F

Qui fouftient auec cœur & magnanimité
L'honneur de fa naiffance & de fa dignité.
Luy pourray-ie parler?

CHARMION.

Non, mais elle m'enuoye
Sçauoir à cet abord ce qu'on a veu de ioye,
Ce qu'à ce beau prefent Cefar a tefmoigné,
S'il en a rendu grace, ou s'il la defdaigné,
S'il traite auec douceur, s'il traite auec Empire,
Ce qu'à nos affaffins en fin il à peu dire.

ACHOREE.

La tefte de Pompée a produit des effets
Dont-ils n'ont pas fuiet d'eftre fort fatisfaits,
Ie ne fçay fi Cefar prendroit plaifir à feindre,
Mais pour eux, iufqu'icy ie trouue lieu de craindre,
S'ils aymoient Ptolomée, ils l'ont fort mal feruy.
Vous l'auez veu partir, & moy ie l'ay fuiuy,
Ses vaiffeaux en bon ordre ont efloigné la ville,
Et pour ioindre Cefar n'ont auancé qu'vn mille,
Il venoit à plein voile, & fi dans les hazards
Il efprouua toufiours la faueur de fon Mars,
Sa flotte qu'à l'enuy fauorifoit Neptune
Auoit le vent en poupe ainfi que fa fortune.

Dés le premier abord noftre Prince eftonné
Ne s'eft plus souuenu de son front couronné,
Sa frayeur a paru soubs sa fauffe allegreffe,
Toutes ses actions ont senty la baffeffe,
I'en ay rougy moy-mesme, & me suis plaint à moy
De voir la Ptolomée & n'y voir point de Roy,
Et Cesar qui lisoit sa peur sur son visage
Le flattoit par pitié pour luy donner courage.
Luy d'vne voix tombante offrant ce don fatal,
Seigneur, vous n'auez plus, luy dit-il, de riual,
Ce que n'ont peu les Dieux dans voftre Theffalie,
Ie vay mettre en vos mains Pompée, & Cornelie,
En voicy defia l'vn, & pour l'autre, elle fuit,
Mais auec six vaiffeaux vn des miens la pourfuit,
A ces mots Achillas defcouure cette tefte,
Il femble qu'à parler encor elle s'aprefte,
Qu'à ce nouuel affront vn refte de chaleur
En fanglots mal formez exhale sa douleur,
Sa bouche encor ouuerte & sa veuë efgarée
Rappellent sa grande ame à peine feparée,
Et son couroux mourant fait vn dernier effort
Pour reprocher aux Dieux sa defaite & sa mort.
Cesar a cét aspect comme frappé du foudre,
Et comme ne fçachant que croire, ou que refoudre,
Immobile, & les yeux sur l'obiet attachez
Nous tient affez long-temps ses fentimens cachez,

F ij

Et ie diray, si i'ose en faire coniecture,
Que par vn mouuement commun à la nature
Quelque maligne ioye en son cœur s'esleuoit
Dont sa gloire indignée a peine le sauuoit.
L'aise de voir la terre à son pouuoir soumise
Chatoüilloit malgré-luy son ame auec surprise,
Et de cette douceur son esprit combatu
Auec vn peu d'effort r'asseuroit sa vertu.
S'il ayme sa grandeur, il hait la perfidie,
Il se iuge en autruy, se taste, s'estudie,
Consulte à sa raison sa ioye & ses douleurs,
Examine, choisit, laisse couler des pleurs,
Et forçant sa vertu d'estre encor la maistresse,
Se monstre genereux par vn trait de foiblesse.
En suite il fait oster ce present de ses yeux,
Leue les mains ensemble & les regards aux Cieux,
Lasche deux ou trois mots contre cette insolence,
Puis tout triste & pensif il s'obstine au silence,
Et mesme a ses Romains ne daigne repartir
Que d'vn regard farouche & d'vn profond souspir.
En fin ayant pris terre auec trente cohortes
Il se saisit du port, il se saisit des portes,
Met des gardes par tout, & des ordres secrets,
Fait voir sa deffiance ainsi que ses regrets,
Parle d'Egipte en maistre, & de son aduersaire
Non plus comme ennemy, mais comme son beau-pere.

Voila ce que i'ay veu.

CHARMION.

     Voila ce qu'attendoit,
Ce qu'au iuste Osiris la Reyne demandoit :
Ie vay bien la rauir auec cette nouuelle,
Vous, continuez luy ce seruice fidelle.

ACHOREE.

Qu'elle n'en doute point : Mais Cesar vient, allez,
Peignez luy bien nos gens pasles & desolez,
Et moy, soit que l'issuë en soit douce, ou funeste,
I'iray l'entretenir quand i'auray veu le reste.

SCENE II.

CESAR, PTOLOMEE, L'EPIDE, PHO-
TIN, ACHOREE, Soldats Romains,
Soldats Egyptiens.

PTOLOMEE,

Seigneur, montés au Trosne & commandés icy,
        F iij

CESAR.

Cognoiſſés vous Ceſar de luy parler ainſi ?
Que m'offriroit de pis la fortune ennemie,
A moy qui tiens le Troſne eſgal à l'infamie ?
Certes Rome à ce coup pourroit bien ſe vanter
D'auoir eu iuſte lieu de me perſecuter,
Elle qui d'vn meſme œil les donne & les dedaigne,
Qui ne voit rien aux Rois qu'elle ayme ou qu'elle
    craigne,
Et qui verſe en nos cœurs auec l'ame & le ſang
Et la haine du nom, & le meſpris du rang.
C'eſt ce que de Pompée il vous falloit apprendre,
S'il en euſt aymé l'offre, il euſt ſçeu s'en defendre,
Et le Troſne & le Roy ſe ſeroient ennoblis
A ſouſtenir la main qui les a reſtablis.
Vous euſſiez peu tomber, mais tout couuert de gloire,
Voſtre cheute euſt valu la plus haute victoire,
Et ſi voſtre deſtin n'euſt peu vous en ſauuer,
Ceſar euſt pris plaiſir à vous en releuer.
Vous n'auez peu former vne ſi noble enuie,
Mais quel droit auiez vous ſur cette illuſtre vie ?
Que vous deuoit ſon ſang pour y tremper vos mains,
Vous, qui deuez reſpect au moindre des Romains ?
Ay-ie vaincu pour vous dans les champs de Pharſale
Et par vne victoire aux vaincus trop fatale

Vous ayïe acquis fur eux en ce dernier effort
La puiffance abfoluë & de vie & de mort?
Moy qui n'ay iamais peu la fouffrir à Pompée,
La fouffriray-ie en vous fur luy mefme vfurpée,
Et que de mon bon-heur vous ayez abusé
Iufqu'à plus attenter que ie n'aurois osé?
De quel nom apres tout penfez-vous que ie nomme
Ce coup où vous tranchez du fcuuerain de Rome,
Et qui fur vn feul Chef luy fait bien plus d'affront
Que fur tant de milliers ne fit le Roy de Pont?
Penfez vous que i'ignore ou que ie diffimule
Que vous n'auriez pas eu pour moy plus de fcrupule,
Et que s'il euft vaincu voftre efprit complaifant
Luy faifoit de ma tefte vn femblable prefent?
Graces à ma victoire on me rend des hommages
Ou ma fuite euft receu toutes fortes d'outrages,
Au vainqueur, non à moy, vous faites tout l'honneur,
Si Cefar en iouït, ce n'eft que par bonheur,
Amitié dangereufe, & redoutable zele
Que regle la Fortune & qui tourne auec elle.
Mais parlez, c'eft trop eftre interdit & confus.

PTOLOMEE.

Ie le fuis, il eft vray, fi iamais ie le fus,
Et vous mefme aduoüerez que i'ay fuiet de l'eftre:
Eftant né Souuerain, ie vois icy mon maiftre,

Icy difie, ou ma Cour tremble en me regardant,
Ou ie n'ay point encor agy qu'en commandant,
Ie vois vn autre Cour, foubs vne autre puiſſance,
Et ne puis plus agir qu'auec obeiſſance.
De voſtre ſeul aſpect ie me ſuis veu ſurpris,
Iugez ſi vos diſcours me rendent mes eſprits,
Iugez par quels moyens ie puis ſortir d'vn trouble
Que forme le reſpect, que la crainte redouble,
Et ce que vous peut dire vn Prince eſpouuanté
De voir tant de colere & tant de Maieſté.
Dans ces eſtonnemens dont mon ame eſt frappée
De rencontrer en vous le vangeur de Pompée,
Il me ſouuient pourtant que s'il fut noſtre appuy
Nous vous d'eûmes déſlors autant & plus qu'à luy,
Voſtre faueur pour nous eſclata la premiere,
Tout ce qu'il fit apres fut à voſtre priere,
Il eſmeut le Senat pour des Rois outragez
Que ſans cette priere il auroit negligez:
Mais de ce grand Senat les ſaintes ordonnances
Euſſent peu fait pour nous, Seigneur, ſans vos finaces,
Par là de nos mutins le feu Roy vint à bout,
Et pour en bien parler nous vous deuons le tout:
Nous auons honoré voſtre amy, voſtre gendre,
Iuſqu'à ce qu'à vous-meſme il ait oſé ſe prendre:
Mais voyant ſon pouuoir de vos ſuccez ialoux
Paſſer en tirannie & s'armer contre vous.....

CESAR.

CESAR,

Tout-beau, que voſtre haine en ſon ſang aſſouuie
N'aille point à ſa gloire, il ſuffit de ſa vie,
N'auancez rien icy que Rome oſe nier,
Et iuſtifiez vous ſans le calomnier.

PTOLOMEE.

Ie laiſſe donc aux Dieux à iuger ſes penſées,
Et diray ſeulement qu'en vos guerres paſſées
Où vous fuſtes forcé par tant d'indignitez
Tous nos vœux ont eſté pour vos proſperitez :
Que comme il vous traitoit en mortel aduerſaire,
I'ay creu ſa mort pour vous vn malheur neceſſaire,
Et que ſa haine iniuſte augmentant tous les iours
Iuſques dans les Enfers chercheroit du ſecours,
Ou qu'en fin, s'il tomboit deſſoubs voſtre puiſſance,
Il nous failoit pour vous craindre voſtre clemence,
Et que le ſentiment d'vn cœur trop genereux
Vſant mal de vos droits vous rendiſt malheureux.
I'ay donc conſideré qu'en ce peril extreme
Nous vous deuiõs, Seigneur, ſeruir malgré vous meſme,
Et ſans attendre d'ordre en cette occaſion,
Mon zele ardant la priſe à ma confuſion.
Vous m'en deſaduoüez, vous l'imputez à crime,
Mais pour ſeruir Ceſar rien n'eſt illegitime,

G

I'en ay foüillé mes mains pour vous en preferuer,
Vous pouuez en ioüyr & le defapprouuer,
Et i'ay plus fait pour vous , plus l'action eft noire,
Puifque c'eft d'autant plus vous immoler ma gloire,
Et que ce facrifice offert par mon deuoir
Vous affeure la voftre auec voftre pouuoir.

CESAR.

Vous cherchez, Ptolomée , auecque trop de rufes
De mauuaifes couleurs & de froides excufes.
Voftre zele eftoit faux fi feul il redoutoit
Ce que le monde entier à plains vœux fouhaittoit,
Et s'il vous a donné ces craintes trop fubtiles
Qui m'oftent tout le fruit de nos guerres ciuiles ,
Où l'honneur feul m'engage, & que pour terminer
Ie ne veux que celuy de vaincre & pardonner.
Où mes plus dangereux & plus grands aduerfaires
Si toft qu'ils font vaincus ne font plus que mes freres,
Et mon ambition ne va qu'à les forcer
Ayant dompté leur haine à viure & m'embraffer.
O combien d'allegreffe vne fi trifte guerre
Auroit elle laiffé deffus toute la terre,
Si l'on voyoit marcher deffus vn mefme char
Vainqueurs de leur difcorde & Pompée & Cefar,
Voilà ces grands malheurs que craignoit voftre zele,
O crainte ridicule autant que criminelle !

Vous craigniez ma clemence ! ah ! n'ayez plus ce soin,
Souhaitez là plustost, vous en auez besoin :
Si ie n'auois esgard qu'aux loix de la Iustice
Ie m'appaiserois Rome auec vostre supplice,
Sans que ny vos respects, ny vostre repentir,
Ny vostre dignité vous en peust garantir,
Vostre Trosne luy mesme en seroit le Theatre :
Mais voulant espargner le sang de Cleopatre,
I'impute à vos flatteurs toute la trahison,
Et ie veux voir comment vous m'en ferez raison.
Suiuant les sentimens dont vous serez capable
Ie sçauray vous tenir innocent, ou coupable.
Cependant à Pompée esleuez des Autels,
Rendez luy les honneurs qu'on rend aux Immortels,
Par vn prompt sacrifice expiez tous vos crimes,
Et sur tout, pensez bien aux choix de vos victimes.
Allez y donner ordre, & me laissez icy
Entretenir les miens sur quelque autre soucy.

Antoine
sort sur le
Theatre.

G ij

SCENE III.

CESAR, ANTOINE, LEPIDE,

CESAR.

ANtoine, auez vous veu cette Reine adorable?

ANTOINE.

Ie l'ay veuë, ô Cefar, elle eft incomparable,
Le Ciel n'a point encor par de fi doux accords
Vny tant de vertus aux graces d'vn beau corps,
Vne Maiefté douce efpand fur fon vifage
Dequoy s'affuiettir le plus noble courage,
Ses yeux fçauent rauir, fon difcours fçait charmer,
Et fi i'eftois Cefar ie la voudrois aymer.

CESAR.

Comme à t'elle receu les offres de ma fiâme?

ANTOINE.

Comme n'ofant la croire & la croyant dans l'ame,

Par vn refus modeste & fait pour inuiter
Elle s'en dit indigne & la croit meriter.

CESAR.

En pourray-ie estre aymé?

ANTOINE.

Douter qu'elle vous ayme,
Elle qui de vous seul attend son Diadéme,
Qui n'espere qu'en vous ! Douter de ses ardeurs
Vous qui la pouuez mettre au faiste des grandeurs!
Que vostre amour sans crainte à son amour pretende,
Au vainqueur de Pompée il faut que tout se rende,
Et vous l'esprouuerez. Elle craint toutefois
L'ordinaire mespris que Rome fait des Rois,
Et sur tout elle craint l'amour de Calpurnie ;
Mais l'vne & l'autre crainte à vostre aspect bannie,
Vous ferez succeder vn espoir assez doux
Lors que vous daignerez luy dire vn mot pour vous.

CESAR.

Allons donc l'affranchir de ces friuoles craintes,
Luy monstrer de mon cœur les sensibles atteintes,
Allons, ne tardons plus.

ANTOINE.

Auant que de la voir,
Sçachez que Cornelie est en vostre pouuoir,

G iij

Septime vous l'amene orgueilleux de son crime,
Et pense auprez de vous se mettre en haute estime,
Si tost qu'ils ont pris port, vos Chefs par vous instruits
Sans leur rien tesmoigner les ont icy conduits.

CESAR.

Qu'elle entre. Ah l'importune & fâcheuse nouuelle!
Qu'à mon impatience elle semble cruelle!
O Ciel! & ne pourray-ie en fin à mon amour
Donner en liberté ce qui reste du iour?

SCENE IV.

CESAR, CORNELIE, ANTOINE, LEPIDE, SEPTIME.

SEPTIME.

Seigneur......

CESAR.

Allez, Septime, allez vers vostre maistre,
Cesar ne peut souffrir la presence d'vn traistre,

D'vn Romain lafche affez pour feruir foubs vn Roy *Septime*
Apres auoir feruy foubs Pompée, & foubs moy. *nepuen*

CORNELIE,

Cefar, car le deftin qui m'outre & que ie braue
Me fait ta prifonniere & non pas ton efclaue,
Et tu ne pretends pas qu'il m'abate le cœur
Iufqu'à te rendre hommage & te nommer Seigneur,
De quelque rude trait qu'il m'ofe auoir frappée,
Vefue du ieune Craffe, & vefue de Pompée,
Fille de Scipion, & pour dire encor plus,
Romaine, mon courage eft encor au deffus,
Et de tous les affauts que fa rigueur me liure
Rien ne me fait rougir que la honte de viure.
I'ay veu mourir Pompée, & ne l'ay pas fuiuy,
Et bien que le moyen m'en aye efté rauy,
Qu'vne pitié cruelle à mes douleurs profondes
Maye ofté le fecours & du fer & des ondes,
Ie dois rougir pourtant apres vn tel mal heur
De n'auoir peu mourir d'vn excez de douleur.
Ma mort eftoit ma gloire, & le deftin m'en priue .
Pour croiftre mes malheurs & me voir ta captiue,
Encore ay ie fuiet de rendre grace aux Dieux
De ce qu'en arriuant ie te trouue en ces lieux ,
Que Cefar y commande, & non pas Ptolomée.
Helas ! & foubs quel aftre, ô Ciel , m'as tu formée,

Si ie dois grace aux Dieux de ce qu'ils ont permis
Que ie rencontre icy mes plus grands ennemis,
Et tombe entre leurs mains plustost qu'aux mains d'un
   Prince
Qui doit à mon espoux son Throsne & sa Province?
Cesar, de ta victoire escoute moins le bruit,
Elle n'est que l'effet du malheur qui me suit,
Ie l'ay porté pour dot chez Pompée & chez Crasse,
Deux fois du monde entier i'ay causé la disgrace,
Deux fois de mon Hymen le nœud mal assorty
A chassé tous les Dieux du plus iuste party :
Heureuse en mes malheurs, si ce triste Hymenée
Pour le bon heur de Rome à Cesar m'eust donnée,
Et si i'eusse auec moy porté dans ta maison
D'un astre enuenimé l'inuincible poison.
Car enfin n'attends pas que i'abaisse ma haine,
Ie te l'ay desia dit, Cesar, ie suis Romaine,
Et quoy que ta captiue, vn cœur comme le mien
De peur de s'oublier ne te demande rien.
Ordonne, & sans vouloir qu'il tremble, ou s'humi-
   lie,
Souuien toy seulement que ie suis Cornelie.

CESAR.

O d'vn illustre espoux noble & digne moitié,
Dont le courage estonne, & le sort fait pitié!
Certes,

Certes vos sentimens font assez recognoistre
Qui vous donna la main, & qui vous donna l'estre,
Et l'on iuge aisément au cœur que vous portez
Où vous estes entrée & de qui vous sortez.
L'ame du ieune Crasse, & celle de Pompée,
L'vne & l'autre vertu par le malheur trompée,
Le sang des Scipions protecteur de nos Dieux
Parlent par vostre bouche & brillent dans vos yeux,
Et Rome dans ses murs ne voit point de famille
Qui soit plus honorée ou de femme, ou de fille.
Pleust au grand Iupiter, pleust à ces mesmes Dieux
Qu'Annibal eust braué iadis sans vos ayeux,
Que ce Heros si cher dont le Ciel vous separe
N'eust pas si mal cogneu la Cour d'vn Roy Barbare,
Ny mieux aymé tenter vne incertaine foy
Que la vieille amitié qu'il eust trouuée en moy:
Qu'il eust voulu souffrir qu'vn bon-heur de mes armes
Eust vaincu ses soupçons, dissipé ses alarmes,
Et qu'en fin m'attendant sans plus se deffier
Il m'eust donné moyen de me iustifier.
Alors foulant aux pieds la Discorde & l'Enuie
Ie l'eusse coniuré de se donner la vie,
D'oublier ma victoire, & d'aymer vn riual
Heureux d'auoir vaincu pour viure son esgal.
Alors l'esprit content & l'ame satisfaite
Ie l'eusse fait aux Dieux pardonner sa defaite,
                                        H

Il euſt fait à ſon tour en me rendant ſon cœur,
Que Rome euſt pardonné la victoire au vainqueur.
Mais puiſque par ſa perte à iamais ſans ſeconde
Le ſort a deſrobbé cette allegreſſe au monde,
Ceſar s'efforcera de s'acquiter vers vous
De ce qu'il voudroit rendre à cét illuſtre Eſpoux.
Prenez donc en ces lieux liberté toute entiere,
Seulement pour deux iours ſoyez ma priſonniere,
Afin d'eſtre teſmoin comme apres nos debats
Ie cheris ſa memoire & vange ſon treſpas,
Et de pouuoir apprendre à toute l'Italie
De quel orgueil nouueau m'enfle la Theſſalie.
Ie vous laiſſe à vous meſme, & vous quitte vn momét.
Choiſiſſez luy, Lepide, vn digne appartement,
Et qu'on l'honore icy, mais en Dame Romaine,
C'eſt à dire, vn peu plus qu'on n'honore la Reyne.
Commandez, & chacun aura ſoin d'obeyr.

CORNELIE.

O Ciel! que de vertus vous me faites hayr.

Fin du troiſieſme Acte.

ACTE IV.

SCENE PREMIERE.

PTOLOMEE, ACHILLAS, PHOTIN.

PTOLOMEE.

Voy! de la mesme main & de la mesme
  espée
Dont il vient d'immoler le malheureux
  Pompée,
Septime par Cesar indignement chassé
Dans un tel desespoir a vos yeux a passé!

ACHILLAS.

Il est mort, & mourant, Sire, il vous doit apprendre
La honte qu'il preuient & qu'il vous faut attendre.
Iugez Cesar vous mesme à ce couroux si lent,
Un moment pousse & rompt un transport violent;

H ij

LA MORT

'Mas l'indignation qu'on prend auec estude
Augmente auec le temps, & porte vn coup plus rude:
Ainsi n'esperez pas de le voir moderé,
Par adresse il se fasche apres s'estre asseuré,
Sa puissance establie, il a soing de sa gloire,
Il poursuiuoit Pompée, & cherit sa memoire,
Et veut tirer à soy par vn couroux accort
L'honneur de sa vangeance & le fruict de sa mort.

PTOLOMEE.

Ah ! si ie t'auois creû ie n'aurois pas de maistre,
Ie serois dans le Thrône où le Ciel m'a fait n'aistre,
Mais c'est vne imprudence assez commune aux Rois
D'escouter trop d'aduis & se tromper au choix.
Le destin les aueugle au bord du precipice,
Ou si quelque lumiere en leur ame se glisse,
Ceste fausse clarté dont il les esbloüit
Les plonge dans vn goufre, & puis s'esuanoüit.

PHOTIN.

I'ay mal cognû Cesar, mais puisqu'en son estime
Vn si rare seruice est vn enorme crime,
Sire, il porte en son flanc dequoy nous en lauer,
C'est là qu'est nostre grace, il nous l'y faut trouuer
Ie ne vous parle plus de souffrir sans murmure,
D'attendre son depart pour vanger ceste iniure,

Ie ſçay mieux conformer les remedes au mal;
Iuſtifions ſur luy la mort de ſon riual,
Et noſtre main alors également trempée
Et du ſang de Ceſar & du ſang de Pompée,
Rome, ſans leur donner de tiltres differents,
Se croira par vous ſeul libre de deux tyrans.

PTOLOMEE.

Oüy, oüy, ton ſentiment en fin eſt veritable,
C'eſt trop craindre celuy que i'ay fait redoutable,
Monſtrons que ſa fortune eſt l'œuure de nos mains,
Deux fois en meſme iour diſpoſons des Romains,
Faiſons leur liberté comme leur eſclauage,
Ceſar, que tes exploits n'enflent plus ton courage,
Conſidere les miens, tes yeux en ſont teſmoings,
Pompée eſtoit mortel, & tu ne l'es pas moins.
Il pouuoit plus que toy, tu luy portois enuie,
Tu n'as, non plus que luy, qu'vne ame & qu'vne vie,
Et ſon ſort que tu plains te doit faire penſer
Que ton cœur eſt ſenſible & qu'on le peut percer.
Tonne, tonne à ton gré, fay peur de ta iuſtice,
C'eſt à moy d'appaiſer Rome par ton ſupplice,
C'eſt à moy de punir ta cruelle douceur
Qui n'eſpargne en vn Roy que le ſang de ſa ſœur,
Et n'abandonner pas ma vie & ma puiſſance
Au hazard de ſa hayne, ou de ton inconſtance,

H iij

Ny souffrir que demain tu puisses à ce prix
Recompenser sa flâme, ou punir ses mespris.
I'employeray contre toy de plus nobles maximes,
Tu m'as prescrit tantost de choisir des victimes,
De bien penser au choix, i'obeis, & ie voy
Que ie n'en puis choisir de plus dignes que toy,
Ny dont le sang offert, la fumée, & la cendre,
Puissent mieux satisfaire aux Manes de ton gendre.
Mais ce n'est pas assez, amis, de s'irriter,
Il faut voir quels moyens on à d'executer,
Toute ceste chaleur est peut-estre inutile,
Les soldats du tyran sont maistres de la ville,
Que pouuons nous contre eux, & pour les preuenir
Quel temps deuons nous prendre, & quel ordre tenir?

ACHILLAS.

Nous pouuõs beaucoup, Sire, en l'estat où nous sommes,
A deux milles d'icy vous auez six mille hommes
Que depuis quelques iours craignant des remuements
Ie faisois tenir prests à tous euenements.
Quelques soings qu'ait Cesar, sa prudence est deceuë,
Ceste ville a soubs terre vne secrette issuë,
Par où fort aysement on les peut ceste nuict
Iusques dans le Palais introduire sans bruit:
Car contre sa fortune aller à force ouuerte,
Ce seroit trop courir vous mesme à vostre perte,

Il nous le faut surprendre au milieu du festin,
Enyuré des douceurs de l'amour du & vin.
Tous le peuple est pour nous, tantost à son entrée
I'ay remarqué l'horreur qu'il a soudain monstrée,
Lors qu'auec tant de fast il a veu ses faisceaux
Marcher arrogamment & brauer nos drapeaux.
Au spectacle insolent de ce pompeux outrage,
Ses farouches regards estinceloient de rage,
Ie voyois sa fureur à peine se dompter,
Et pour peu qu'on le pousse, il est prest d'esclater.
Mais sur tout, les Romains que commandoit Septime,
Pressez de la terreur que sa mort leur imprime,
Ne cherchent qu'à vanger par vn coup genereux
Le mespris qu'en leur Chef ce-superbe a fait d'eux.

PTOLOMEE.

Mais qui pourra de nous approcher sa personne,
Si durant le festin sa garde l'enuironne?

PHOTIN.

Les gens de Cornelie, entre qui vos Romains
Ont desia recognu des freres, des germains,
Dont l'aspre desplaisir leur a laissé paroistre
Vne soif d'immoler leur tyran à leur maistre.
Ils ont donné parole, & peuuent mieux que nous
Dans les flancs de Cesar porter les premiers coups.

Son faux art de clemence, ou pluſtoſt ſa folie
Qui penſe gagner Rome en flattant Cornelie,
Leur donnera ſans doute vn aſſez libre accez,
Pour de ce grand deſſein aſſeurer le ſuccez.
Mais voicy Cleopatre, agiſſez auec feinte,
Sire, & ne luy montrez que foibleſſe & que crainte,
Nous allons vous quitter, comme obiects odieux
Dont l'aſpect importun offenceroit ſes yeux.

PTOLOMEE.

Allez, ie vous rejoins.

SCENE II.

PTOLOMEE, CLEOPATRE, ACHOREE, CHARMION.

CLEOPATRE.

I'AY veu Ceſar, mon frere,
Et de tout mon pouuoir combatu ſa cholere.

PTOLOMEE.

Vous eſtes genereuſe, & i'auois attendu
Ceſte office de ſœur que vous m'auez rendu;

Mais

Mais cét illustre amant vous à bientost quittée.

CLEOPATRE.

Sur quelque broüillerie en la ville excitée
Il a voulu luy mesme appaiser les debats
Qu'auec nos citoyens ont pris quelques soldats,
Et moy, i'ay bien voulu moy-mesme vous redire
Que vous ne craigniez riē pour vous ny vostre Empire,
Et que le grand Cesar blasme vostre action
Auec moins de couroux que de compassion.
Il vous plaint d'escouter ces lâches Politiques
Qui n'inspirent aux Roys que des mœurs tyranniques,
Ainsi que la naissance ils ont les esprits bas,
En vain on les esleue à regir des Estats,
Vn cœur né pour seruir sçait mal comme on commande,
Sa puissance l'accable alors qu'elle est trop grande,
Et sa main que le crime en vain fait redouter
Laisse choir le fardeau qu'elle ne peut porter.

PTOLOMEE.

Vous dites vray, ma sœur, & ces effets sinistres
Me font bien voir ma faute au choix de mes Ministres.
Si i'auois escouté de plus nobles conseils,
Ie viurois dans la gloire où viuent mes pareils,
Ie meriterois mieux cette amitié si pure
Que pour vn frere ingrat vous donne la nature,

I

Cefar embrafferoit Pompée en ce Palais,
Noftre Egipte à la terre auroit rendu la paix,
Et verroit fon Monarque encor à iufte tiltre,
Amy de tous les deux, & peut-eftre l'arbitre.
Mais puifque le paffé ne fe peut reuoquer,
Trouuez bon qu'auec vous mon cœur s'ofe expliquer.
Ie vous ay mal traitée, & vous eftes fi bonne
Que vous me conferuez la vie & la Couronne;
Vainquez vous tout a fait, & par vn digne effort
Arrachez Achillas & Photin à la mort.
Elle leur eft bien deuë, ils vous ont offencée;
Mais ma gloire en leur perte eft trop intereffée,
Si Cefar les punit des crimes de leur Roy,
Toute l'ignominie en rejaillit fur moy,
Il me punit en eux, leur fupplice eft ma peine:
Forcez en ma faueur vne trop iufte haine,
Dequoy peut fatisfaire vn cœur fi genereux
Le fang abiect & vil de ces deux malheureux?
Que ie vous doiue tout, Cefar cherche à vous plaire,
Vous pouuez d'vn coup d'œil defarmer fa cholere;

CLEOPATRE.

Si i'auois en mes mains leur vie & leur trefpas
Ie les mefprife affez, pour ne m'en vanger pas,
Mais fur le grand Cefar ie puis fort peu de chofe
Quand le fang de Pompée à mes defirs s'oppofe.

Ie ne me vante pas de le pouuoir flechir,
I'en ay defia parlé, mais il a fceu gauchir ;
Et tournant le difcours fur vne autre matiere
Il n'a ny refusé, ny fouffert ma priere :
Ie veux bien toutefois encor m'y hazarder,
Mes efforts redoublez pourront mieux fucceder,
Et i'ofe croire.....

PTOLOMEE.

Il vient, foufrez que ie l'éuite,
Ie crains que de nouueau ma prefence l'irrite,
Elle pourroit l'aigrir au lieu de l'efmouuoir,
Et vous agirez feule auec plus de pouuoir.

I ij

SCENE III.

CESAR, CLEOPATRE, ANTOINE,
LEP. CHAR. ACHOREE, Romains.

CESAR.

REyne, tout eſt paiſible & la ville calmée
Qu'vn trouble aſſez leger auoit trop alarmée
N'a plus à redouter le diuorce inteſtin
Du ſoldat inſolent & du peuple mutin.
Mais, ô Dieux ! ce moment que ie vous ay quittée
D'vn trouble bien plus grand à mon ame agitée,
Et ces ſoings importuns qui m'arrachoient de vous
Contre ma grandeur meſme allumoient mon couroux.
Ie luy voulois du mal de m'eſtre ſi contraire,
De rendre ma preſence ailleurs ſi neceſſaire,
Mais ie luy pardonnois au ſimple ſouuenir
Du bon-heur qu'à ma flâme elle fait obtenir.
C'eſt-elle dont ie tiens ceſte haute eſperance
Qui flatte mes deſirs d'vne illuſtre apparence,
Et fait croire à Ceſar qu'il peut former des vœux,
Qu'il n'eſt pas tout à fait indigne de vos feux,

Et qu'il en peut pretendre vne iuste conqueste
N'ayant plus que les Dieux au deſſus de ſa teste.
Oüy, Reyne, ſi quelqu'vn dans ce vaſte Vniuers
Pouuoit porter plus haut la gloire de vos fers,
S'il eſtoit quelque Trône où vous peuſſiez paroiſtre
Plus hautement aſſiſe en captiuant ſon maiſtre,
I'irois, i'irois à luy, moins pour le luy rauir,
Que pour luy diſputer le droit de vous ſeruir,
Et ie n'aſpirerois au bon-heur de vous plaire
Qu'apres auoir mis bas vn ſi digne aduerſaire.
C'eſtoit pour acquerir vn droit ſi pretieux
Que combattoit par tout mon bras ambitieux,
Et dans Pharſale meſme il a tiré l'eſpée
Plus pour le conſeruer que pour vaincre Pompée,
Ie l'ay vaincu, Princeſſe, & le Dieu des combats
M'y fauoriſoit moins que vos diuins appas,
Ils conduiſoient ma main, ils enfloient mon courage,
Ceſte pleine victoire eſt leur dernier ouurage,
C'eſt l'effet des ardeurs qu'ils daignoient m'inſpirer,
Et vos beaux yeux enfin m'ayant fait ſouſpirer,
Pour faire que voſtre ame auec gloire y reſponde,
M'ont rendu le premier & de Rome & du Monde,
C'eſt ce glorieux tiltre à preſent effectif
Que ie viens annoblir par celuy de captif,
Heureux, ſi mon eſprit gaigne tant ſur le voſtre,
Qu'il en eſtime l'vn & me permette l'autre.

I iij

LA MORT

CLEOPATRE.

Ie sçay ce que ie doibs au souuerain bon-heur
Dont me comble & m'accable vn tel excez d'honneur,
Ie ne vous tiendray plus mes passions secrettes,
Ie sçay ce que ie suis, ie sçay ce que vous estes,
Vous daignastes m'aymer des mes plus ieunes ans,
Le Sceptre que ie porte est vn de vos presens,
Vous m'auez par deux fois rendu le Diadéme,
I'aduoüe apres cela, Seigneur, que ie vous ayme,
Et que mon cœur n'est point à l'espreuue des traicts
Ny de tant de vertus, ny de tant de bien-faits.
Mais, helas! ce haut rang, ceste illustre naissance,
Cet Estat de nouueau rangé soubs ma puissance,
Ce Sceptre par vos mains dans les miennes remis,
A mes vœux innocents sont autant d'ennemis.
Ils allument contr'eux vne implacable hayne,
Ils me font mesprisable alors qu'ils me font Reyne,
Et si Rome est encor telle qu'auparauant
Le Thrône où ie me sieds m'abaisse en m'esleuant,
Et ces marques d'honneur, comme tiltres infames,
Me rendent à iamais indigne de vos flâmes.
I'ose encor toutefois voyant vostre pouuoir
Permettre à mes desirs vn genereux espoir,
Apres tant de combats, ie sçay qu'vn si grand hôme
A droit de triompher des caprices de Rome,

Et que l'iniuste horreur qu'elle eut tousiours des Rois
Peut ceder par vostre ordre à de plus iustes loix;
Ie sçay que vous pouuez forcer d'autres obstacles,
Vous me l'auez promis, & i'attens ces miracles,
Vostre bras dans Pharsale a fait de plus grands coups,
Et ie ne les demande à d'autres Dieux qu'à vous.

CESAR.

Tout miracle est facile où mon amour s'applique,
Ie n'ay plus qu'à courir les costes de l'Afrique,
Qu'à monstrer mes drapeaux au reste espouuanté
Du party malheureux qui m'a persecuté.
Rome n'ayant plus lors d'ennemis à me faire
Par impuissance enfin prendra soin de me plaire,
Et vos yeux la verront par vn superbe accueil
Immoler à vos pieds sa hayne & son orgueil.
Encore vne defaite, & dans Alexandrie
Ie veux que cette ingrate en ma faueur vous prie,
Et qu'vn iuste respect conduisant ses regards
A vostre chaste amour demande des Cesars.
C'est l'vnique bonheur où mes desirs pretendent,
C'est le fruict que i'attens des lauriers qui m'attendent,
Heureux, si mon destin encore vn peu plus doux
Me les faisoit cueillir sans m'esloigner de vous.
Mais, las ! contre mon feu mon feu me sollicite,
Si ie veux estre à vous, il faut que ie vous quitte,

En quelques lieux qu'on fuye, il me faut y courir
Pour acheuer de vaincre & de vous conquerir.
Permettez cependant qu'à ces douces amorces
Ie prenne vn nouueau cœur, & de nouuelles forces,
Pour faire dire encor aux peuples plains d'effroy
Que venir, voir, & vaincre, est mesme chose en moy.

CLEOPATRE.

C'est trop, c'est trop, Seigneur, soufrez que i'en abuse,
Vostre amour fait ma faute, il fera mon excuse.
Vous me rendez le Sceptre, & peut estre le iour:
Mais si i'ose abuser de cét excez d'amour;
Ie vous coniure encor par ses plus puissants charmes,
Par ce iuste bon-heur qui suit tousiours vos armes,
Par tout ce que i'espere, & que vous attendez,
De n'ensanglanter pas ce que vous me rendez.
Faites grace, Seigneur, ou soufrez que i'en aonne,
Et fasse voir par là que i'entre à la Couronne.
Achillas & Photin sont gens à desdaigner,
Ils sont assez punis en me voyant regner,
Et leur crime.....

CESAR.

Ah! prenez d'autres marques de Reyne,
Dessus mes volontez vous estes souueraine,
Mais si mes sentiments peuuent estre escoutez,
Chosissez des suiets dignes de vos bontez,

Ne

Ne vous donnez sur moy qu'vn pouuoir legitime,
Et ne me rendez point complice de leur crime.
C'est beaucoup que pour vous i'ose espargner le Roy,
Et si mes feux n'estoient.....

SCENE IV.

CESAR, CORNELIE, CLEOPATRE,
ACHOREE, ANTOINE, LEPIDE,
CHARMION, Romains.

CORNELIE.

Cesar, pren garde à toy,
Ta mort est resoluë, on la iure, on l'apreste,
A celle de Pompée on veut ioindre ta teste,
Prens y garde, Cesar, ou ton sang respandu
Bien-tost parmy le sien se verra confondu,
Mes esclaues en sont, appren de leurs indices
L'autheur de l'attentat, & l'ordre, & les complices,
Ie te les abandonne.

K

CESAR.

        O cœur vraiment Romain,
Et digne du Heros qui vous donna la main!
Ses Manes qui du Ciel ont veu de quel courage
Ie preparois la mienne à vanger son outrage,
Mettant leur hayne bas me sauuent auiourd'huy
Par la moitié qu'en terre il a laissé de luy.
Quoy que la perfidie ait osé sur sa trame,
Il vit encore en vous, il agit dans vostre ame,
Il la pousse, & l'oppose à cette indignité
Pour me vaincre par elle en generosité.

CORNELIE.

Tu te flattes, Cesar, de mettre en ta croyance
Que la hayne ait fait place à la recognoissance,
Ne le presume plus, le sang de mon Espoux
A rompu pour iamais tout commerce entre nous :
I'attens la liberté qu'icy tu m'as offerte,
Afin de l'employer toute entiere à ta perte,
Et ie te chercheray par tout des ennemis,
Si tu m'oses tenir ce que tu m'as promis.
Mais auec ceste soif que i'ay de ta ruine,
Ie me iette au deuant du coup qui t'assassine,
Et forme des desirs auec trop de raison
Pour en aymer l'effect par vne trahison,

Qui la sçait, & la soufre, a part à l'infamie,
Si ie veux ton trespas, c'est en iuste ennemye,
Mon espoux a des fils, il aura des nepueux,
Quand ils te combattront, c'est là que ie le veux,
Et qu'vne digne main par moy mesme animée,
Dans ton champ de bataille, aux yeux de ton armée,
T'immole noblement & par vn digne effort
Aux Manes du Heros dont tu vanges la mort.
Tous mes soins, tous mes vœux hastent ceste vangeance,
Ta perte la recule, & ton salut l'auance,
Quelque espoir qui d'ailleurs me l'ose, ou puisse offrir,
Ma iuste impatience auroit trop à souffrir.
La vangeance esloignée est à demy perduë,
Quand il la faut attendre, elle est trop cher venduë,
Ie n'iray point chercher sur les bords Afriquains
Le foudre punisseur que ie vois en tes mains,
La teste qu'il menace en doibt estre frappée:
I'ay peu donner la tienne au lieu d'elle à Pompée,
Ma hayne auoit le choix, mais cette hayne enfin
Separe son vainqueur d'auec son assassin,
Et me laisse encor voir qu'il y va de ma gloire
De punir son audace auant que ta victoire.
Rome le veut ainsi, son adorable front
Auroit dequoy rougir d'vn trop honteux affront,
De voir en mesme iour apres tant de conquestes
Soubs vn indigne fer ses deux plus nobles testes.

K ij

Son grand cœur qu'à tes loix en vain tu crois soufmis
En veut aux criminels plus qu'à ses ennemis,
Et tiendroit à malheur le bien de se voir libre
Si l'attentat du Nil affranchissoit le Tybre.
Comme autre qu'vn Romain n'a peû l'assujettir,
Autre aussi qu'vn Romain ne l'en doit garantir.
Tu tomberois icy sans estre sa victime,
Au lieu d'vn chastiment ta mort seroit vn crime,
Et sans que tes pareils en conceussent d'effroy
L'exemple que tu dois periroit auec toy.
Vange la de l'Egipte à son appuy fatale,
Et ie la vangeray, si ie puis, de Pharsale.
Va, ne perds point de temps, il presse, Adieu, tu peux
Te vanter qu'vne fois i'ay fait pour toy des vœux.

SCENE V.

CESAR, CLEOPATRE, ANTOINE, LEPIDE, ACHOREE, CHARMION.

CESAR.

SOn courage m'eftonne autant que leur audace,
Reyne, voyez pour qui vous me demandiez grace.

CLEOPATRE.

Ie n'ay rien à vous dire, allez, Seigneur, allez
Vanger fur ces mefchants tant de droits violez,
On m'en veut plus qu'à vous, c'eft ma mort qu'ils refpi-
C'eft contre mon pouuoir que les traiftes côfpirent, [rent,
Leur rage pour l'abattre attaque mon fouftien,
Et par voftre trefpas cherche vn paffage au mien.
Mais parmy ces tranfports d'vne iufte colere
Ie ne puis oublier que leur Chef eft mon frere,
Le fçaurez-vous, Seigneur, & pourray-je obtenir,
Que ce cœur irrité daigne s'en fouuenir?

K iij

CESAR.

Oüy, ie me souuiendray que ce cœur magnanime
Au bonheur de son sang veut pardonner son crime.
Adieu, ne craignez rien, Achillas & Photin
Ne sont pas gens à vaincre vn si puissant destin,
Pour les mettre en déroute, eux, & tous leurs cõplices,
Ie n'ay qu'à desployer l'appareil des supplices,
Et pour soldats choisis enuoyer des bourreaux

Cesar rentre auec les Romains. Qui portent hautement mes haches pour drapeaux.

CLEOPATRE.

Ne quittez pas Cesar, allez cher Achorée,
Repousser auec luy ma mort qu'on a iurée,
Et quand il punira nos lâches ennemis
Faites le souuenir de ce qu'il m'a promis,
Ayez l'œil sur le Roy dans la chaleur des armes,
Et conseruez son sang pour espargner mes larmes.

ACHOREE.

Madame, asseurez vous qu'il ne peut y perir,
Si mon zele & mes soins le peuuent secourir.

Fin du quatriesme Acte.

ACTE V.

SCENE PREMIERE.

CORNELIE, tenant vne petite vrne en ſa main,
PHILIPPE.

CORNELIE.

ES yeux, puiſ je vous croire, & n'eſtce point
    vn ſonge
Qui ſur mes triſtes vœux a formé ce men-
    ſonge ?
Te reuoy-ie, Philippe, & cét eſpoux ſi cher
A-t'il receu de toy les honneurs du buſcher ?
Cette vrne que ie tiens contient elle ſa cendre ?
O vous, à ma douleur obiet terrible & tendre,
Eternel entretien de hayne & de pitié,
Reſte du grand Pompée, eſcoutez ſa moitié.

N'attendez point de moy de regrets, ny de larmes,
Vn grand cœur à ses maux applique d'autres charmes,
Les foibles desplaisirs s'amusent à parler,
Et quiconque se plaint cherche à se consoler.
Moy, ie iure des Dieux la puissance supresme,
Et pour dire encor plus, ie iure par vous-mesme,
Car vous pouuez bien plus sur ce cœur affligé
Que le respect des Dieux qui l'ont mal protegé:
Ie iure donc par vous, ô pitoyable reste,
Ma diuinité seule apres ce coup funeste,
De n'esteindre iamais, ny laisser affoiblir
L'ardeur de le vanger dont ie veux m'ennoblir.
Ptolomée à Cesar par vn lâche artifice,
Rome, de ton Pompée a fait vn sacrifice,
Et ie n'entreray point dans tes murs desolés
Que le Prestre & le Dieu ne luy soient immolés:
Faites m'en souuenir, & soustenez ma haine,
O cendres, mon espoir aussi bien que ma peine,
Et pour m'ayder vn iour à perdre son vainqueur
Versez dans tous les cœurs ce que ressent mon cœur.
Toy qui l'as honoré sur cette infame riue
D'vne flâme pieuse autant comme chetifue,
Dy moy, quel bon Demon a mis en ton pouuoir
De rendre à ce Heros ce funebre deuoir.

PHILIPPE.

PHILIPPE.

Tout couuert de son sang, & plus mort que luy-mesme,
Apres auoir cent fois maudit le Diadéme,
Madame, ie portay mes pas & mes sanglots
Du costé que le vent poussoit encor les flots,
Ie cours long-temps en vain, mais enfin d'vne roche
I'en descouure le tronc vers vn sable assez proche,
Où la vague en couroux sembloit prendre plaisir
A feindre de le rendre & puis s'en ressaisir.
Ie m'y iette, & l'embrasse, & le pousse au riuage,
Et ramassant soubs luy le debris d'vn naufrage
Ie luy dresse vn buscher à la haste, & sans art,
Tel que ie pûs sur l'heure, & qu'il plût au hazard.
A peine brusloit-il, que le Ciel plus propice
M'enuoye vn compagnon en ce pieux office,
Cordus, vn vieux Romain qui demeure en ces lieux,
Retournant de la ville y destourne les yeux,
Et n'y voyant qu'vn tronc dont la teste coupée,
A cette triste marque il recognoist Pompée.
Soudain la larme à l'œil, ó toy, qui que tu sois,
A qui le Ciel permet de si dignes emplois,
Ton sort est bien, dit-il, autre que tu ne penses,
Tu crains des chastimens, atten des recompenses,
Cesar est en Egipte & vange hautement
Celuy pour qui ton zele à tant de sentiment.

L

Tu peux mesme à sa vesue en reporter la cendre,
Dans ces murs que tu vois bastis par Alexandre
Son vainqueur la receuë auec tout le respect
Qu'vn Dieu pourroit icy trouuer à son aspect,
Acheue, ie reuiens. Il part, & m'abandonne,
Et rapporte aussi tost ce vase qu'il me donne,
Où sa main & la mienne en fin ont renfermé
Ces restes d'vn Heros par le feu consommé.

CORNELIE.

O que sa pieté merite de loüanges!

PHILIPPE.

En entrant i'ay trouué des desordres estranges.
Tout vn grand peuple armé fuyoit deuers le port
Où le Roy, disoit-on, s'estoit fait le plus fort,
Les Romains poursuiuoient, & Cesar dans la place
Ruisselante du sang de cette populace
Monstroit de sa iustice vn exemple assez beau
Faisant passer Photin par les mains d'vn bourreau.
Aussi-tost qu'il me voit, il d'aigne me cognoistre,
Et prenant de ma main les cendres de mon maistre,
Restes d'vn Demydieu dont à peine ie puis
Esgaler le grand nom, tout vainqueur que i'en suis,
De vos traistres, dit-il, voyez punir les crimes,
Attendant des Autels receues ces victimes,

Bien d'autres vont les ſuiure, & toy, cours au Palais
Porter à ſa moitié ce don que ie luy fais,
Porte à ſes deſplaiſirs cette foible allegeance,
Et luy dy que ie cours acheuer ſa vangeance.
Ce grand homme à ces mots, me quitte en ſouſpirant,
Et baiſe auec reſpect ce vaſe qu'il me rend.

CORNELIE.

O ſouſpirs! ô reſpect! ô qu'il eſt doux de plaindre
Le ſort d'vn ennemy quand il n'eſt plus à craindre!
Qu'auec chaleur, Philippe, on court à le vanger
Quand on s'y voit forcé par ſon propre danger,
Et que cét intereſt qu'on prend pour ſa memoire
Fait noſtre ſeureté comme il croiſt noſtre gloire!
Ceſar eſt genereux, i'en veux eſtre d'accord,
Mais le Royle veut perdre, & ſon riual eſt mort,
Sa vertu laiſſe lieu de douter à l'enuie
De ce qu'elle feroit s'il le voyoit en vie,
Pour grand qu'en ſoit le prix, ſon peril en rabat,
Cette ombre qui la couure en affoiblit l'eſclat,
L'amour meſme s'y meſle, & le force à combatre,
Quand il vange Pompée il defend Cleopatre:
Tant d'intereſts ſont joins à ceux de mon Eſpoux,
Que ie ne deurois rien a ce qu'il fait pour nous,
Si comme par ſoy meſme vn grand cœur iuge vn autre
Ie n'aymois mieux iuger ſa vertu par la noſtre,

                                    L ij

Et croire que nous seuls armons ce combatant,
Parce qu'au point qu'il est, i'en voudrois faire autant.

SCENE II.

CLEOPATR E, CORNELIE, PHILIPPE,
CHARMION.

CLEOPATRE.

IE ne viens pas icy pour troubler vne plainte
Trop iuste à la douleur dont vous estes atteinte,
Ie viens pour rendre hommage aux cendres d'vn Heros
Qu'vn fidelle affranchy vient d'arracher aux flots,
Pour le plaindre auec vous, & vous iurer, Madame,
Que i'aurois conserué ce maistre de vostre ame,
Si le Ciel qui vous traite auec trop de rigueur
M'en eust donné la force aussi bien que le cœur.
Si pourtant à l'aspect de ce qu'il vous renuoye
Vos douleurs laissoient place à quelque peu de ioye,
Si la vengeance auoit dequoy vous soulager,
Ie vous dirois aussi qu'on vient de vous vanger,

DE POMPEE. 85

Que le traiftre Photin, vous le fçauez, peut eftre.

CORNELIE.

Oüy, Princeffe, ie fçay qu'on a puny ce traiftre.

CLEOPATRE.

Vn fi prompt chaftiment vous doit eftre bien doux.

CORNELIE.

S'il a quelque douceur, elle n'eft que pour vous.

CLEOPATRE.

Tous les cœurs trouuent doux le fuccez qu'ils efperent.

CORNELIE.

Comme nos interefts nos fentiments different,
Si Cefar à fa mort ioint celle d'Achillas,
Vous eftes fatisfaite & ie ne la fuis pas.
Aux Manes de Pompée il faut vne autre offrande,
La victime eft trop baffe, & l'iniure eft trop grande,
Et ce n'eft pas vn fang que pour la reparer
Son ombre & ma douleur daignent confiderer.
L'ardeur de le vanger dans mon ame allumée
En attendant Cefar demande Ptolomée:
Tout indigne qu'il eft de viure & de regner
Ie fçay bien que Cefar fe force à l'efpargner;

L iij

Mais quoy que son amour ait osé vous promettre,
Le Ciel plus iuste enfin n'osera le permettre,
Et s'il peut vne fois escouter tous mes vœux,
Par la main l'vn de l'autre ils periront tous deux;
Mon ame à ce bon-heur, si le Ciel me l'enuoye,
Oubliera ses douleurs pour s'ouurir à la ioye,
Mais si ce grand souhait demande trop pour moy,
Si vous n'en perdez qu'vn, ô Ciel, perdez le Roy.

CLEOPATRE.

Le Ciel sur nos souhaits ne regle pas les choses.

CORNELIE.

Le Ciel regle souuent les effets par les causes,
Et rend aux criminels ce qu'ils ont merité.

CLEOPATRE.

Comme de la iustice, il a de la bonté.

CORNELIE.

Oüy, mias il fait iuger, à voir comme il commence
Que sa iustice agit & non pas sa clemence.

CLEOPATRE.

Souuent de la iustice il passe à la douceur.

CORNELIE.

Reyne, ie parle en vefue, & vous parlez en fœur,
Chacune à fon fuiet d'aigreur, ou de tendreffe
Qui dans le fort du Roy iuftement l'intereffe :
Aprenons par le fang qu'on aura refpandu
A quels fouhaits le Ciel aura mieux refpondu,
Voicy voftre Achorée.

SCENE III.

CORNELIE, CLEOPATRE, ACHOREE,
PHILIPPE, CHARMION.

CLEOPATRE.

HElas! fur fon vifage
Rien ne s'offre à mes yeux que de mauuais prefage.
Ne nous defguifez rien, parlez fans me flatter,
Qu'ay je à craindre, Achorée, ou qu'ay-je a regretter ?

ACHOREE.

Auffi-toft que Cefar euft fceu la perfidie.....

CLEOPATRE.

Ah ! ce n'eſt pas ſes ſoins que ie veux qu'on me die,
Ie ſçay qu'il fit trancher & clorre ce conduit
Par où ce grand ſecours deuoit eſtre introduit,
Qu'il manda tous les ſiens pour s'aſſeurer la place
Ou Photin a receu le prix de ſon audace,
Que d'vn ſi prompt ſupplice Achillas eſtonné
S'eſt aiſément ſaiſi du port abandonné,
Que le Roy la ſuiuy, qu'Antoine a mis à terre
Ce qui dans ſes vaiſſeaux reſtoit des gens de guerre,
Que Ceſar la reioint, & ie ne doute pas
Qu'il n'ait ſceu vaincre encor & punir Achillas.

ACHOREE.

Oüy, Madame, on a veu ſon bon-heur ordinaire....

CLEOPATRE.

Dites moy ſeulement s'il a ſauué mon frere,
S'il m'a tenu promeſſe.

ACHOREE.

                              Oüy, de tout ſon pouvoir.

CLEOPATRE.

C'eſt là l'vnique point que ie voulois ſçauoir.
Madame, vous voyez, les Dieux m'ont eſcoutée.
                              CORNELIE.

CORNELIE.

Ils n'ont que differé la peine meritée.

CLEOPATRE.

Vous la vouliez fur l'heure, ils l'en ont garanty.

ACHOREE.

Du moins Cesar l'euft fait, s'il l'auoit confenty.

CLEOPATRE.

Que difiez vous n'aguere, & que vien-je d'entendre?
Accordez ces difcours que i'ay peine à comprendre.

ACHOREE.

Ny vos vœux, ny nos foins n'ont pû le fecourir,
Malgré Cefar & vous il à voulu perir,
Mais il eft mort, Madame, auec toutes les marques
Dont efclatent les morts des plus dignes Monarques,
Sa vertu rappelée a fouftenu fon rang,
Et fa perte aux Romains a bien coufté du fang.
Il combatoit Antoine auec tant de courage
Qu'il emportoit defia fur luy quelque auantage,
Mais l'abord de Cefar a changé le deftin,
Auffi toft Achillas fuit le fort de Photin,
Il meurt, mais d'vne mort trop belle pour vn traiftre,
Les armes à la main en defendant fon maiftre.

M

Le vainqueur crie en vain qu'on espargne le Roy,
Ces mots au lieu d'espoir luy donnent de l'effroy,
Son esprit alarmé les croit vn artifice
Pour reseruer sa teste aux hontes d'vn suplice,
Il pousse dans nos rangs, il les perce, & fait voir
Ce que peut la vertu qui arme le desespoir,
Et son cœur indigné que cette erreur abuse
Cherche par tout la mort que chacun luy refuse.
Enfin perdant haleine apres ces grands efforts
Prest d'estre enuironné, ses meilleurs soldats morts,
Il voit quelques fuyards sauter dans vne barque,
Il s'y iette, & les siens qui suiuent leur Monarque
D'vn tel nombre à la foule accablent ce vaisseau
Que la mer l'engloutit auec tout son fardeau.
C'est ainsi que sa mort luy rend toute sa gloire,
A vous toute l'Egipte, à Cesar la victoire,
Il vous proclame Reine, & quoy que ses Romains
Au sang que vous pleurez, n'ayent point trempé leurs
    mains,
Il monstre toutefois vn desplaisir extresme,
Il souspire, il gemit, mais le voicy luy-mesme,
Qui pourra mieux que moy vous dire la douleur
Que luy donne du Roy l'inuincible malheur.

SCENE IV.

CESAR, CORNELIE, CLEOPATRE, ANTOINE, LEPIDE, ACHOREE, CHARMION, PHILIPPE.

CORNELIE.

CEsar, tien moy parole, & me rends mes galeres,
Achillas & Photin ont receu leurs salaires,
Leur Roy n'a peû ioüyr de ton cœur adoucy,
Et Pompée est vangé ce qu'il peut l'estre icy.
Ie n'y puis plus rien voir qu'vn funeste riuage
Qui de leur attentat m'offre l'horrible image,
Ta nouuelle victoire, & le bruit esclatant
Qu'aux changemens de Roy pousse vn peuple incostât,
Et de tous les obiets celuy qui plus m'afflige,
I'y voy tousiours en toy l'ennemy qui m'oblige.
Laisse moy m'affranchir de cette indignité,
Et souffre que ma haine agisse en liberté.

Mij

A cét empreſſement j'adiouſte vne requeſte,
Voy l'vrne de Pompée, il y manque ſa teſte.
Ne me la retiens plus, c'eſt l'vnique faueur
Dont ie te puis encor prier auec honneur.

CESAR.

Il eſt iuſte, & Ceſar eſt tout preſt de vous rendre
Ce reſte où vous auez tant de droit de pretendre :
Mais il eſt iuſte auſſi qu'apres tant de ſanglots
A ſes Manes errants nous rendions le repos,
Qu'vn bucher allumé par ma main & la voſtre
Le vange pleinement de la honte de l'autre,
Que ſon ombre s'appaiſe en voyant noſtre ennuy,
Et qu'vne vrne plus digne & de vous & de luy
Apres la flâme eſteinte & les pompes fínies
Renferme auec eſclat ſes cendres reunies,
De cette meſme main dont il fut combatu
Il verra des Autels dreſſez à ſa vertu,
Il receura des vœux, de l'encens, des victimes,
Et ne receura point d'honneurs illegitimes.
Pour ces pieux deuoirs ie ne veux que demain,
Ne me refuſez pas ce bonheur ſouuerain,
Faite vn peu de force à voſtre impatience,
Vous eſtes libre apres, partez en diligence,
Portez à noſtre Rome vn ſi digne Treſor,
Portez.....

CORNELIE.

Non pas Cesar, non pas à Rome encor:
Il faut que ta deffaite, & que tes funerailles
A cette cendre aymée en ouure les murailles,
Et quoy qu'elle la tienne außi chere que moy
Elle ny doit rentrer qu'en triomphant de toy.
Ie la porte en Afrique, & c'est là que i'espere
Que tes fils de Pompée, & Caton, & mon pere,
Secondez des efforts d'vn Roy plus genereux
Ainsi que la iustice auront le fort pour eux.
C'est là que tu verras sur la terre & sur l'onde
Le debris de Pharsale armer vn autre monde,
Et c'est là que i'iray pour haster tes malheurs,
Porter de rang en rang ces cendres & mes pleurs.
Ie veux que de ma haine ils reçoiuent des regles,
Qu'il suiuent au combat des Vrnes au lieu d'Aigles,
Et que ce triste obiet porte à leur souuenir
Les soins de le vanger & ceux de te punir.
Tu veux à ce Heros rendre vn deuoir supresme,
L'honneur que tu luy rends rejaillit sur toy mesme;
Tu m'en veux pour tesmoin, iobeïs au vainqueur,
Mais ne presume pas toucher par là mon cœur.
La perte que i'ay faite est trop irreparable,
La source de ma haine est trop inespuisable,

M iij

A l'efgal de mes iours ie la feray durer,
Ie veux viure auec elle, auec elle expirer.
Ie t'aduoüeray pourtant, comme vrayement Romaine,
Que pour toy mon eftime eft efgale à ma haine,
Que l'vne & l'autre eft iufte & monftre le pouuoir
L'vne de ta vertu, l'autre de mon deuoir,
Que l'vne eft genereufe, & l'autre intereffée,
Et que dans mon efprit l'vne & l'autre eft forcée,
Et comme ta vertu qu'en vain on veut trahir,
Me force de prifer ce que ie doibs hayr,
Iuge ainfi de la haine ou mon deuoir me lie
La vefue de Pompée y force Cornelie.
I'iray, n'en doute point, au fortir de ces lieux
Soufleuer contre toy les hommes & les Dieux,
Ces Dieux qui t'ont flatté, ces Dieux qui m'ont trõpée,
Ces Dieux qui dans Pharfale ont mal feruy Pompée,
Qui la foudre a la main l'ont pû voir efgorger,
Ils cognoiftront leur faute, & le voudront vanger.
Mon zele à leur refus aydé de fa memoire
Te fçaura bien fans eux arracher la victoire.
Et quand tout mon effort fe trouuera rompû
Cleopatre fera ce que ie n'auray pû.
Ie fçay quelle eft fa flâme & quelle font fes forces,
Que tu n'ignores pas comme on fait les diuorces,
Que ton amour t'aueugle, & que pour l'efpoufer
Rome n'a point de loix que tu n'ofes brifer,

Mais ſçache auſſi qu'alors la ieuneſſe Romaine
Se croira tout permis ſur l'Eſpoux d'vne Reine,
Et que de cét Hymen tes amis indignés
Vangeront ſur ton ſang leurs aduis dedaignés.
I'empeſche ta ruine empeſchant tes careſſes
Adieu, i'attens demain l'effet de tes promeſſes.

SCENE DERNIERE.

CESAR, CLEOPATRE, ANTOINE, LEPIDE, ACHOREE, CHARMION.

CLEOPATRE.

PLuſtoſt qu'à ces perils ie vous puiſſe expoſer
Seigneur, perdez en moy ce qui les peut cauſer,
Sacrifiez ma vie au bonheur de la voſtre,
Le mien ſera trop grand & ie n'en veux point d'autre,
Indigne que ie ſuis d'vn Ceſar pour Eſpoux ;
Que de viure en voſtre ame eſtant morte pour vous.

CESAR.

Reine, ces vains proiets ſont le ſeul auantage
Qu'vn grand cœur impuiſſant a du Ciel en partage.

Comme il a peu de force, il a beaucoup de foins,
Et s'il pouuoit plus faire il fouhaiteroit moins.
Les Dieux empefcheront l'effet de ces augures,
Et mes felicitez n'en feront pas moins pures,
Pourueu que voftre amour gaigne fur vos douleurs
Qu'en faueur de Cefar vous tariffiez vos pleurs,
Et que voftre bonté fenfible à ma priere
Pour vn fidelle amant oublie vn mauuais frere,
On aura pû vous dire auec quel defplaifir
I'ay veu le defefpoir qu'il à voulu choifir,
Auec combien d'efforts i'ay voulu le defendre
Des Paniques terreurs qui l'auoient pû furprendre,
Il s'eft de mes bontez iufqu'au bout deffendu,
Et de peur de fe perdre il s'eft enfin perdu.
O honte pour Cefar, qu'auec tant de puiffance,
Tant de foins pour vous rendre entiere obeiffance,
Il n'ait pû toutefois en ces euenements
Obeyr au premier de vos commandements!
Prenez vous en au Ciel, dont les ordres fublimes
Malgré tous nos efforts fçauent punir les crimes,
Sa rigueur enuers luy vous ouure vn fort plus doux,
Puifque par cette mort l'Egipte eft toute à vous.

CLEOPATRE.

Ie fçay que i'en reçois vn nouueau Diadéme,
Qu'on n'en peut accufer que les Dieux, & luy-mefme.
                                                    Mais

'Mais comme il eſt, Seigneur, de la fatalité
Que l'aigreur ſoit meſlée à la felicité,
Ne vous offencez pas ſi cét heur de vos armes
Qui me rend tant de biens me couſte vn peu de larmes,
Et ſi voyant ſa mort deuë a ſa trahiſon,
Ie donne à la nature ainſi qu'à la raiſon.
Ie n'ouure point les yeux ſur ma grandeur ſi proche,
Qu'auſſi-toſt a mon cœur mon ſang ne le reproche,
I'en reſſens dans mon ame vn murmure ſecret,
Et n'oſe remonter au Throſne ſans regret.

ACHOREE.

Vn grand peuple, Seigneur, dont cette court eſt pleine,
'Par des cris redoublez, demande à voir ſa Reine,
Et tout impatient deſia ſe plaint aux Cieux
Qu'on luy donne trop tard vn bien ſi precieux.

CESAR.

Ne luy refuſons plus le bonheur qu'il deſire,
'Princeſſe, allons par là commencer voſtre Empire.
Face le iuſte Ciel propice à mes deſirs
Que ces longs cris de ioye eſtouffent vos ſouſpirs,
Et puiſſent ne laiſſer dedans voſtre penſée
Que 'imag· des traits dont mon ame eſt bleſſée.
Cependant qu'a l'enuy ma ſ ite & voſtre Cour
'Preparent pour demain la pompe d'vn beau iour,

N

Ou dans vn digne employ l'vne & l'autre occupée
Couronne Cleopatre, & m'appaise Pompée,
Esleue à l'vne vn Throsne, à l'autre des Autels,
Et iure à tous les deux des respects immortels.

F I N.

PRIVILEGE DV ROY.

LOVIS par le Grace de Dieu Roy de France &
de Nauarre: A nos ames & feaux Conseillers
les gens tenans nos Cours de Parlemens, Maistres des Requestes ordinaires de nostre Hostel,
Baillifs, Seneschaux, Preuosts, leurs Lieutenans, & autres nos Iusticiers & Officiers qu'il appartiendra, Salut.
Nostre amé & feal le Sieur CORNEILLE, nous a fait
remonstrer qu'il a composé deux Pieces de Theatre,
intitulées, l'vne, *la Mort de Pompée*, & l'autre *le Menteur*,
lesquelles il desireroit faire imprimer s'il auoit nos lettres à ce necessaires, qu'il nous a tres humblement suplié
luy vouloir accorder, A CES CAVSES voulant gra-
tifier l'exposant, nous luy auons permis & permettons de
faire Imprimer, vendre & debiter en tous les lieux & ter-
res de nostre obeïssance, lesdites deux pieces de Theatre,
intitulées, *la mort de Pompée* & *le Menteur*, par tel Im-
primeur ou Libraire, en telle marge, caractere, & autant
de fois qu'il voudra, pendant le temps & espace de dix
ans reuolus & accomplis, à compter du iour qu'ils seront
acheuez d'Imprimer pour la premiere fois. Pendant lequel
temps vous ferez, comme nous faisons, tres expres-
ses inhibitions & deffences à tous Libraires, Imprimeurs,
& autres personnes de quelque qualité & condition qu'ils
soient, d'Imprimer, faire Imprimer, vendre ny distribuer
lesdites pieces de Theatre, sous quelque pretexte que ce soit,
sans le consentement de l'exposant ou de ceux qui auront

droit de luy , à peine de milliures damendes, aplicables vn
tiers à nous , vn tiers à l'Hostel Dieu de Paris, & l'autre tiers
à l'expofant , à ceux qui auront droit de luy , confif-
cation des exemplaires, & de tous defpens dommages &
interefts à condition qu'il en fera mis deux exemplaires en
noftre Bibliotéque publique, & vn de chacune defditespie-
ces en celle de noftre tres cher & feal, le fieur Seguier Che-
ualier Chancelier de France auant que les expofer en ven-
te, à peine de nullité des prefentes ;du contenu defquelles
vous mandons que vous faciez ioüir & vfer ledit expofant ou ceux qui auront droit de luy, plainement & paifi-
blement, ceffant & faifant ceffer tous troubles, empefche-
mens au contraire, voulons en outre, qu'en mettant au
commencement ou à la fin de chacun des exemplaires def-
dites Pieces, vn extraict des prefetes elles foient tenuës pour
deuëment fignifiées, & qu'aux coppies collationnées par
vn de nos amez & feaux Confeillers Secretaires, foy foit
adiouftée comme à l'original. MANDONS en outre au
premier noftre Huiffier, ou Sergent fur ce requis, faire
pour l'execution des prefentes tous exploits neceffaires, non-
obftant Clameur de Haro, Chartre Normande prife à
partie, & toutes autres lettres à ce contraire: car tel eft noftre
plaifit. Donné à Paris le 22. iour de Ianuier l'an de grace
1644. Et de noftre Regne le premier. Signé
Par le Roy en fon Confeil, VABOIS.

Les Exemplaires ont efté fournis.

Le Sieur Corneille a cedé fon Priuilege à Antoine de Sommauille
& Auguftin Courbé, Marchands Libraires à Paris, felon l'accord
fait entr'eux.
Acheué d'Imprimer pour la premiere fois le 16. Feurier 1644.